Sombrio Ermo Turvo

Veronica Stigger

Sombrio Ermo Turvo

todavia

*Para Lena, minha irmã,
que vê gente morta*

I. *Allegro ma non troppo, un poco maestoso*
  O poço 13
  A ponte 14
  A caixa 19
  O maquinista 23
  O herói 26
  O boi 31
  O anão 32
  A pele 39
  A festa 41

II. *Scherzo grazioso*
  O livro 45
  O bar 54
  O sangue 56
  O concunhado 61
  A casa 67

III. *Adagio molto semplice e cantabile*
  A piscina 83

IV. *Andantino con fiocchi di neve*
  e sabbia della spiaggia
  A neve 119
  A praia 125
  Os pobres 129
  O passeio 130
  O fado 132
  O boneco 135
  A visita 136
  O fogo 140
  O fim 141

  Nota 142

I
*Allegro ma non troppo,
un poco maestoso*

O poço

Para Donizete Galvão

Deitei-me de corpo inteiro, como um papa, à beira do poço, com as costelas roçando o chão e as formigas vermelhas subindo pela minha barriga em direção aos meus braços, que naquele instante preciso enlaçavam a borda inesperadamente quente do poço, mas, quando inclinei a cabeça para beijar a água pura como fazia todos os dias ao fechar os olhos antes de pegar no sono desde o domingo em que deixara o poço para trás, não havia água; o poço não era mais um poço, era um buraco negro, infinito, de onde emanava um calor abafado, que me fez sorrir ao perceber que finalmente encontrara o que tanto procurava naqueles anos todos em que, sob a desculpa de matar a sede, me deitei de corpo inteiro, como um papa, à beira do poço: o único caminho de retorno possível ao útero ardente da terra.

A ponte

Todo empezó como una broma. Quando Pedro percebeu que já morava havia uma década na cidade que elegeu como sua naquele país estrangeiro e que nunca, em todo esse tempo, havia cruzado a antiga e robusta ponte romana, decidiu que jamais o faria. E foi além: decidiu também que sob nenhuma condição atravessaria para o outro lado do rio, mesmo que isso o obrigasse a dar imensas e custosas voltas por ruas quase intransitáveis a fim de sair da cidade apenas pelas vias do norte. Os anos se sucederam e o que antes não passava de uma birra quase infantil acabou por se transformar numa estranha fobia. Não há como determinar com exatidão o momento em que Pedro começou a acreditar nas desculpas que inventava para evitar a ponte e o lado de lá da cidade: era perigoso, tinha lobos e alunos e, se a cruzasse, algo inesperado — um raio, um meteorito, um destroço de nave espacial — certamente o atingiria. Outros dez anos se foram e Pedro não apenas se manteve firme em sua resolução como se tornou ainda mais rigoroso com relação aos preceitos estabelecidos: nem mesmo perto da ponte chegava. Os parentes que vinham de longe para visitá-lo se ressentiam de não poder contar com sua companhia para atravessar a dita-cuja. Até mesmo o nome da ponte recusava-se pronunciar; se era inevitável, sussurrava-o de modo quase inaudível, como se estivesse dizendo "câncer", ou como se estivesse dizendo "morte". Sua teimosia — talvez fosse mais correto falar agora em temor — o impedia de saber que a ponte tinha piso de paralelepípedos e muros de granito, que numa de suas margens uma imponente escultura pré-histórica de touro zelava por todos que a transpunham, que bem no meio de sua travessia havia bancos de pedras, nos quais, durante o dia, os passeantes se quedavam por alguns instantes para admirar a paisagem, tirar umas fotos ou apenas descansar e, à noite, os universitários se reuniam para contar as estrelas cadentes, que, na outra margem, havia inúmeras árvores, muito mais frondosas do que as do lado de cá, as quais, quando agitadas pelo vento, produziam um estranho som como o de uma chuva forte e constante, e que não eram lobos, mas cães que uivavam longamente quando ouviam a música das folhas em movimento tresloucado. No fim de uma das manhãs mais quentes de agosto, quando ninguém se aventurava a enfrentar o sol impiedoso, Pedro saiu para jogar o lixo fora e, cumprida a tarefa, algo, que ele jamais seria capaz de dizer o quê, o impulsionou a dar uma volta. Desceu distraidamente em direção ao centro, passou pela universidade, pelo bar do Antonio, que estava fechado em função das férias, pela catedral, pelas ruelas que levavam ao museu de arte nova, pela praça descampada, pela livraria, pela igreja, pela escola. Talvez o excesso de sol a tornar ainda mais incandescente sua cabeleira de fogo, talvez um princípio de delírio em decorrência de uma iminente desidratação tenha conduzido Pedro às margens do rio. Sem se dar conta de onde estava, seguiu caminhando, de cabeça baixa, suando e com uma sede nunca antes sentida. Andou por mais alguns metros até que algo brilhando no chão de pedra lhe chamou a atenção. Aproximou-se e constatou que era uma moeda. Sua superfície prateada refletia o sol com tal intensidade que quase cegava quem a olhasse. Pedro abaixou-se para apanhá-la e viu que era uma moeda de outro tempo, de baixíssimo valor, sem qualquer função econômica no presente e que, ainda por cima, trazia numa de suas faces a efígie do antigo ditador.

Sorriu, soprou a moeda (mais por hábito do que por realmente achá-la empoeirada) e guardou-a no bolso da bermuda que reservou por décadas para usar somente num dia de calor fora do comum, como era o caso. Quando se ergueu, notou que estava diante da ponte fatídica, a ponte que por tantos anos evitara e que, como um deus abscôndito (percebia isso somente agora), determinara até aquele instante seus deslocamentos pelo mundo. Embora se negasse a vê-la até mesmo em reproduções fotográficas, desenhadas ou pintadas, não tinha dúvidas de que estava diante dela. Nunca se aproximara tanto da ponte romana e agora estava paralisado: não conseguia nem avançar, nem retroceder. Queria gritar, pedir socorro, mas, quando abriu a boca, não foi capaz de emitir mais do que um balbucio. Desejava escrever a alguém para que o resgatasse daquele lugar, mas esquecera o celular em cima da mesa da sala — afinal, ele só saíra para jogar o lixo fora. O calor havia aumentado, o sol estava a pino. Não passava e nem passaria vivalma por ali. Sem alternativa, Pedro permaneceu parado ao lado da imponente escultura pré-histórica de touro a olhar fixamente para a ponte. Não imaginava que fosse tão longa, nem que ali, à margem do rio, fosse tão quente. Mesmo depois de o sol se pôr, o ar continuava infernal. Pedro achava que, se ficasse onde estava por mais tempo, o calor concentrado nos paralelepípedos derreteria o solado de borracha dos seus chinelos de dedo. Mas ele não arredou pé. A noite caiu completamente e Pedro continuava parado, encarando a ponte. Não suava mais, nem tinha sede. Já era alta madrugada quando ele viu o barco se aproximando. Era um barco simples de pescaria, sem motor, sem vela, sem remo, sem bandeira. Navegava ao sabor do vento, instável, balouçante, por vezes quase adernando. Jogava tanto e com tal leveza que parecia ser feito de papel. A pintura azul e branca sobre a madeira carcomida pelo tempo e pela água descascava em vários pontos, mas ainda preservava intacto o nome grafado com sangue de touro numa caligrafia de volteios: *Gaia*. Ou seria *Gaio*? Os olhos míopes de Pedro não podiam precisar. O barco vinha enfeitado com antigas lampadazinhas coloridas, daquelas que não se fabricam mais, penduradas numa espécie de varal erguido com o que, de longe, pareciam ser dois cabos de vassoura fincados toscamente na proa e na popa. O conjunto assemelhava-se a um arraial flutuante. Uma mesa retangular de madeira, coberta por uma toalha xadrez em vermelho e branco, ocupava quase toda a extensão do barco. Em torno dela, sabe-se lá como, dado o espaço exíguo, dispunham-se cinco cadeiras também de madeira, com assento de palha. Em quatro delas, achavam-se sentados dois rapazes e duas moças. Eles eram barbudos e ruivos como Pedro. Vestiam apenas bermudas, sem camisa ou camiseta, e calçavam chinelos de dedo coloridos. Um terceiro rapaz — o único que usava chapéu, um modelo panamá de abas largas e cor clara — ia em pé na proa, de peito erguido, com os braços apoiados na cintura, como um sentinela. As moças, por sua vez, tinham a pele tão branca que davam a impressão de serem transparentes. Seus cabelos, em contraste, eram escuros como a noite. Cobriam seus corpos com vestidos leves, de algodão floreado, sem mangas, e usavam, tais quais os rapazes, chinelos de dedo coloridos. Sobre a mesa, havia duas garrafas de vinho branco, uma perna de cabrito assado, uma porção de batatas coradas, uma salada de folhas verdes e tomates, um queijo cortado pela metade, um grande pão d'água redondo, cinco pratos, cinco copos, cinco garfos e cinco facas, todos de plástico, e maçãs, peras, laranjas e uvas, muitos cachos de uvas. Com exceção do sentinela, todos sorriam e conversavam animadamente. Quando avistaram Pedro, pararam de falar e acenaram. Pedro olhou em volta e constatou que não havia mais ninguém naquela madrugada na Província Negra. O aceno, portanto, só poderia se dirigir a ele. Pedro! Pedro! Pedro!, gritavam. E Pedro não estranhou que aqueles desconhecidos soubessem seu nome. Salve, Pedro!, saudavam agora em pé, enquanto acenavam. O barco, em função de tamanha agitação, balançava ainda mais, todo desengonçado e periclitante. Antes que Pedro decidisse se levantaria ou não o braço para acenar de volta, o barco, como que movido pela simples vontade daqueles que nele navegavam, acostou à margem. O sentinela então estendeu a mão direita a Pedro com a palma virada para cima. Pedro estranhou que a palma não possuísse qualquer linha ou ruga ou calo: era inteiramente lisa, como deveriam ser a das mãos dos recém-nascidos. O sentinela, impaciente, sacudiu levemente a mão, fechou-a e abriu-a novamente, indicando com esse gesto que queria algo. Pedro apalpou os bolsos e encontrou a moeda que havia recolhido diante da ponte. Sorriu pela segunda vez naquele dia e depositou-a na palma estendida do sentinela, que em seguida fechou a mão e deu um passo para trás, abrindo passagem. Pedro entrou no barco, sentou-se na única cadeira vazia, que agora entendia estar reservada para ele, e sorriu pela última vez antes de partir.

A caixa

A caixa era imensa, de papelão. Devia ter perto de um metro e meio de comprimento por um metro de largura e uns sessenta centímetros de profundidade. Três sujeitos a carregavam. Eles iam dentro dela, com a abertura virada por sobre suas cabeças, escondendo-lhes o rosto e parte do tronco, como se eles fossem a base e ela a cúpula de um abajur. Ou como se eles fossem as pernas e ela o corpo de um boi-bumbá. O tipo que seguia à frente vestia calça de abrigo escura, camiseta esportiva também escura e tênis branco. O do meio usava gabardine cinza na altura do joelho sobre uma calça social preta. Nos pés, sapatos igualmente pretos. Parecia ser o mais baixinho e talvez fosse o mais velho dos três. O terceiro era sem dúvida o mais alto. Precisava andar com as pernas levemente flexionadas para se manter numa altura próxima à dos outros. Usava calça, agasalho e sapatos pretos. Os três eram magros, ou davam a impressão de sê-lo. Mas não tão magros a ponto de serem chamados de cadavéricos. Eram magros, mas saudáveis, possivelmente alimentados a carne assada e batatas. Como a caixa lhes tapava parte do corpo, não havia como saber se eram negros ou brancos, ou negros e brancos. Muito menos, caso brancos, se loiros ou morenos, ou até mesmo ruivos. Também não havia como saber de que maneira eles andavam sem tropeçar. É provável que tivessem aberto pequenos furos na caixa para poder ver ao redor. Ou talvez a caixa já apresentasse frestas desde o início, sem necessidade de nenhuma intervenção.

Aliás, não se sabia por que eles levavam a caixa daquela maneira, por sobre suas cabeças, dificultando a visão e a própria caminhada. Se estivesse chovendo, poderia ser para se protegerem: ela faria as vezes de um enorme guarda-chuva. Mas não estava chovendo. O dia amanhecera cinzento, mas sem deitar um pingo d'água, e assim permaneceria até anoitecer, o que se daria em breve. Talvez fosse alguma espécie de disfarce. Não queriam ser reconhecidos, apesar de nunca terem estado ali. Embora não se pudesse identificá-los, sabia-se com certeza que eram forasteiros: ninguém, naquela pequena cidade, atrevia-se a usar gabardine, mesmo na chuva mais intensa. Mas a caixa talvez fosse um sinal de pudor. Suas feições podiam estar desfiguradas e eles se envergonhavam disso. Ou talvez somente não houvesse outra forma de carregar aquela imensa caixa em meio ao vento forte que vinha do rio que contornava a cidade. Sempre ventava muito por ali. Se a levassem acima da cabeça, virada para o alto, ela possivelmente voaria. Debaixo dos braços, seria impossível, pois ela era muito grande. Vez ou outra, eles paravam e se abaixavam até que a caixa tocasse o chão, escondendo-os completamente. E assim ficavam, imóveis, por alguns minutos, a caixa parecendo ter sido abandonada no meio do caminho. De repente se erguiam e continuavam sua marcha. Cruzavam as ruas vazias em silêncio. Àquela hora, os habitantes da cidade já estavam todos em suas casas. Embora ainda não fosse noite, eles se preparavam para o jantar, servido tão logo os sinos da igreja da praça central anunciassem as nove horas. Nunca saberemos se o destino final daqueles três homens era mesmo a cidade ou se eles vieram parar aqui por acaso. Ou seria melhor dizer: por acidente? Depois de atravessarem a praça, em diagonal, eles estacaram. O que estava de tênis fez menção de seguir em frente, enquanto o mais alto deu um passo no sentido contrário. Quase rasgaram a caixa. Eles pararam novamente e se conservaram um tempo assim, estáticos, com a caixa na cabeça. O tipo de gabardine largava o peso do corpo ora numa ora noutra perna. O mais alto batia o pé direito no chão, em sinal de impaciência ou cansaço. O de tênis, que dera as costas para os demais, foi quem recomeçou a caminhar. Os outros dois o seguiram no susto. Colocaram-se então a caminho da escola. Escurecia. A noite era de lua cheia. Gosto das noites assim. Aguçam meu olfato. Eles subiram a escadaria da entrada e, sem largar a caixa, transpuseram a grande porta de madeira com maçanetas douradas. A porta da escola, como as dos demais locais públicos, nunca estava fechada, porque, na cidade, os estranhos eram raros. Quando alguém de fora aparecia, olhares o acompanhavam por toda parte, sem que, no entanto, pelo menos na maioria das vezes, fossem percebidos pelo visitante. Uma vez dentro da escola, os três percorreram o longo corredor do térreo com a caixa ainda cobrindo suas cabeças. Passaram pela sala da direção, onde Nelson, o faxineiro surdo-mudo, limpava meticulosamente o chão com o aspirador de pó. Diziam que ele não tinha ninguém e, por isso, morava no quartinho dos fundos da escola, onde se guardava o antigo esqueleto de plástico, que não era mais usado nas aulas de biologia. Nelson, que estava de costas para a porta da sala, não os viu e continuou seu serviço. Também não me viu. Assim como os três não me viram, em nenhum momento do percurso. Ninguém me via, nunca. Todos preferiam acreditar que eu não existia, embora soubessem que eu estava ali para fazer o trabalho sujo, o trabalho que nenhum deles tinha coragem de fazer. Só o Pacheco, o pastor-alemão, não fugia de mim. Ele vinha, me olhava nos olhos e cheirava minhas pernas para saber por onde eu havia andado. Nunca latiu para mim. Mas também jamais me abanou o rabo. Ele também vivia na escola, entre o pátio dos fundos e a sala do jardim de infância, a única sala de paredes coloridas, onde ele devia estar naquele momento. Os três sujeitos seguiram até o final do corredor e entraram no auditório, que estava vazio e escuro. O palco tinha apenas seis cadeiras, três à direita e três à esquerda, e um púlpito, como se tivesse sido preparado para receber alguma solenidade. Os três, depois de algum tempo parados perto do palco, deram meia-volta e saíram do auditório, estacionando no corredor por um instante, como se estivessem decidindo para onde ir. Caminharam então até a escada e subiram para o primeiro andar. Entraram pela primeira porta que encontraram, a da sala de biologia, na qual havia, em vitrines, animais empalhados e, conservados em formol, fetos humanos em vários estágios de formação. No corredor, enquanto os vigiava pela pequena janela que havia na parte superior da porta, tirei o uniforme e vesti a roupa de lobo. Quando eles finalmente largassem a caixa no chão e fossem fazer o que vieram fazer, o que desde sempre foi o objetivo deles, eu entraria na sala com cuidado. Sem que eles percebessem, eu me enfiaria dentro da caixa. Quando a levantassem novamente, enfim me veriam e estaria tudo acabado.

O maquinista

Mateus chegou cedo, muito cedo. Não era dia ainda. Como de costume, ele viera a pé, pelo meio dos trilhos, debaixo da escuridão da noite. Gostava de sentir o ar gelado da madrugada no rosto. Acordava-o, dizia. Vinha uniformizado, com capacete e luvas. Precisou sair de casa às quatro da manhã para não se atrasar para o encontro, marcado para as cinco. Lá já estava João, também de uniforme e com o imprescindível capacete. Em pé, sozinho no meio dos trilhos, cabeça baixa, mãos juntas na altura do peito, rezava. Mateus estranhou, nunca o vira rezando. Achava até que o amigo fosse ateu. Pensou em saudá-lo fazendo graça, falar que ele estava parecendo o Maquinista com aquele tipo de carolice, mas desistiu. Não era o momento mais adequado para isso. Mateus se aproximou devagar, pisando de leve sobre as pedrinhas que atapetavam o chão. A dois passos do amigo, estacou. Não queria interromper João. Afinal, talvez fosse mesmo uma boa ideia rezar. Se Mateus soubesse rezar, certamente se juntaria ao outro. Mas ele não sabia e, por isso, esperou. João estava tão concentrado que não percebeu a proximidade de Mateus. Parado feito uma estátua, apenas seus lábios se mexiam. Porém, mesmo de perto, não era possível escutar o que dizia. E se ele não estivesse rezando? E se ele estivesse apenas *fingindo* rezar?, pensou, preocupado, Mateus. Enquanto este, absorto, considerava se seria ou não um problema fingir rezar em vez de rezar de fato, João encerrava sua suposta prece, deslocando um pouco para trás a perna direita e inclinando ligeiramente o tronco e o joelho esquerdo, como se cumprimentasse uma alta autoridade. Quando finalmente levantou o rosto, viu Mateus. Abriu um largo sorriso e abraçou-o apertado. Sejamos fortes, camarada, sussurrou-lhe no ouvido esquerdo, quase num beijo. Sejamos fortes. Mateus escondeu o rosto no ombro do amigo, como se quisesse cheirar sua nuca, e estreitou-o ainda mais contra o próprio peito. Sejamos fortes, repetiu uma vez mais João. Mateus desvencilhou-se do companheiro e perguntou se os outros já haviam aparecido. Não, eles ainda não haviam aparecido, chegariam mais tarde. E o Maquinista? Está lá dentro, indicou João, está vendo? Ele está sempre lá dentro, resmungou Mateus, acho que ele mora aí. João fez um sinal para que Mateus o acompanhasse. Mateus depôs a mão esquerda sobre o braço direito de João, e os dois seguiram juntos. Amanhecia. Eles saíram dos trilhos e contornaram o vagão em que se encontrava o Maquinista. João e Mateus iam abaixados, com os joelhos inclinados, tentando se deslocar da maneira mais discreta e silenciosa possível. Quando passaram ao lado da janela através da qual se via o Maquinista, não resistiram e espiaram lá dentro. O Maquinista, mesmo sendo um tipo franzino, com o rosto chupado e os ossos saltados como os de um faquir, mal cabia no espaço exíguo. De pé, ajeitara-se como pudera no comprimido vão entre uma parede e outra: recostara o quadril na divisória às suas costas, esticara as pernas para a frente, apoiara os braços no painel adiante, depusera a cabeça sobre os braços e assim dormia. Roncava alto o suficiente para ser ouvido da rua, onde estavam João e Mateus. Vai por mim, sussurrou Mateus no ouvido de João, o Maquinista dorme aí. Em pé? Não sei se sempre em pé, mas que ele dorme aí, ele dorme. Gringo desgraçado, grunhiu João. Já era dia, um dia nublado com pesadas nuvens cinza no céu. João e Mateus avistaram os outros companheiros, todos os três com seus respectivos uniformes e capacetes. Tiago foi o primeiro a vê-los também. Acenou de longe e correu para abraçá-los. É hoje, camaradas, disse ele sorrindo, enquanto abarcava ao mesmo tempo João e Mateus. Os irmãos Pedro e André, os mais jovens da turma, os abraçaram em seguida. Estes portavam, além dos uniformes e dos capacetes, rádios de comunicação. Cá estamos, companheiros, para o que der e vier, falou Pedro. O Maquinista já está aí?, indagou André, ao que João respondeu afirmativamente. Acho que ele mora aí, resmungou Mateus, sem ser ouvido. Trouxeram as ferramentas? João abriu o casaco e mostrou um martelo e um podão presos ao seu cinto de couro com tiras de tecido vermelho. Mateus abaixou a mão direita e deixou cair de dentro de sua luva um canivete suíço. E vocês? André arregaçou a barra da calça e apontou para uma faca presa à sua botina. Pedro ergueu a camisa revelando a corda de sisal que trazia amarrada ao peito. E Tiago tirou de um bolso uma grossa fita adesiva e do outro, uma chave de fenda. João, então, juntou as mãos na altura do peito em mais uma prece. Pedro e André alongaram-se como se estivessem prestes a praticar algum esporte, elevando os braços ora para o alto, ora para os lados. Tiago, seguindo o exemplo dos dois, segurou o peito do pé direito e ergueu a perna para trás, encostando-a ao glúteo, para forçar o músculo da coxa. Ficou segurando o pé durante uns vinte segundos e repetiu o mesmo gesto com a perna esquerda. Mateus, sem saber o que fazer, roía as unhas. Impaciente, caminhava de um lado para outro, parando apenas para conferir as horas, a intervalos muito curtos e regulares. Terminada a reza, João fez novamente sua estranha reverência. Recomposto, respirou fundo e conclamou, batendo palmas: vamos lá, camaradas, não podemos correr o risco de que os outros cheguem. Todos sorriram, ainda que com certa tristeza. Vestiram seus óculos escuros, ajeitaram os capacetes e se puseram em marcha. Apenas João não colocou os óculos escuros.

O herói

Joel esquecera como era difícil andar de chuteira fora do gramado. Ainda mais com aquele par antigo, pesado, de couro preto e cadarço branco, com as travas cravadas a prego. Esquecera também como os pregos das travas laceravam seus pés. Invariavelmente, terminava a partida sangrando, com as meias, antes tão brancas, tingidas de vermelho. Mas já era uma sorte as chuteiras ainda lhe servirem depois de sessenta e quatro anos sem calçá-las — sessenta e quatro anos em que adquiriu dois joanetes robustos e uma infinidade de calos nos dedos. A mesma sorte não teve com o uniforme. A camiseta branca, de gola polo azul, não desceu além dos ombros; e o calção, igualmente branco, não subiu além das coxas. Joel foi obrigado a improvisar. Abriu as costuras laterais da camiseta e do calção e fez emendas nos dois lados. Depois de tanto tempo, ele não encontrou o mesmo tipo de algodão da camiseta. Tecidos como aquele já não se fazem mais, pensou com tristeza. Pegou então dois panos de prato brancos que estavam no fundo de uma gaveta da cozinha e os usou na reforma do uniforme. Não se pode dizer que tenha ficado bom, muito menos bonito, mas funcionou. Era preciso que Joel usasse *aquele* conjunto de camiseta e calção — aquele conjunto que passara décadas amarelando na gaveta da cômoda de seu quarto, servindo de alimento às traças. Joel prometera a si mesmo. E vivia a repetir a sentença que dizia ser de Confúcio: verifica se o que prometes é justo e possível, pois promessa é dívida. Era justo. Era possível. Joel não duvidava disso. Foi com as chuteiras cortantes e o uniforme todo furado pelas traças e mal remendado que Joel saiu da casa simples, de madeira, que fora de sua mãe e agora era sua. Carregava nas costas uma mochila preta, estufada de tão cheia, mas que não parecia estar pesada. Na cabeça, levava o chapéu de explorador com o qual seu avô aportara no Brasil na segunda metade do século dezenove. O chapéu passou do avô para o pai e deste para Joel. Quando Joel o recebeu, no dia em que completou quinze anos, seu pai lhe disse: preste atenção, Joel, este chapéu veio de longe, de outro país, e foi o único objeto de seu avô que nos restou, é o nosso maior bem; por isso, ele só pode ser usado em momentos especiais. Joel só o usara antes numa única ocasião: quando se apresentara pela primeira vez ao clube. Agora, nesta que seria sua última partida, era hora de voltar a vesti-lo. E lá ia ele, a pé, porque também isso fazia parte da promessa. Joel sabia que demoraria uma hora e meia para chegar, mas tudo bem: fora ele que decidira assim. Seguia devagar, sério, com a cabeça erguida e os braços ao longo do corpo numa tentativa inútil de esconder os remendos malfeitos da camiseta e do calção. Olhou para suas chuteiras, engraxadas no dia anterior com tanto carinho, e ensaiou um sorriso. Ao contrário do uniforme, elas estavam um brinco. Couro bom é assim: dura mais do que a gente, pensou. Joel mancava um pouco da perna esquerda. Há uns dois dias, o joelho voltara a incomodar, como nos velhos tempos. Deve ter sido em função dos preparativos, cogitou. Ele combinara de se encontrar com os rapazes às dez horas da manhã em frente à distribuidora de bebidas, na zona leste da cidade. Olhou para o relógio: faltavam três horas para o horário combinado. Havia tempo de sobra, até para dar uma parada no caminho se fosse preciso. Joel estava cansado. Muito cansado. O ano anterior fora puxado. Passara agosto, setembro e outubro recolhendo tampinhas e anéis de refrigerantes. Queria a qualquer custo ganhar a promoção em que poderia levar cem pessoas para os jogos. Joel, porém, não tomava refrigerante. Não porque não gostasse, mas porque era contra seus princípios — princípios esses que ele acreditava terem sido os verdadeiros responsáveis pela sua queda no passado. Como ele não bebia refrigerante, fora obrigado a recolher as tampinhas e os anéis das latas que as pessoas deixavam nas mesas de bar. O problema é que não era só ele que pretendia participar da promoção. Assim, eram poucos os que deixavam as tampinhas e os anéis para trás. Lá por setembro, Joel percebeu que não tinha conseguido tantas tampinhas e anéis quanto gostaria e começou a ficar preocupado. Comprar os refrigerantes estava fora de cogitação. O que fazer então se só coletar o que era deixado nas mesas do bar da esquina não estava dando certo? Joel então arrumou um imenso saco de lixo e saiu pelas ruas com ele nas costas a catar latas do refrigerante da promoção e ocasionais tampinhas que encontrava pelo caminho. Mas eram poucas as latas que preservavam o anel e muito insignificante o número de tampinhas que recolhia numa jornada de trabalho. Chegou a propor uma troca aos mendigos da região: dez latas por um anel. Mas não obteve resultado satisfatório. Eles também não encontravam muitas latas com o anel. Num momento de desespero, quando estava quase desistindo da empreitada, Joel teve uma ideia: pegaria os anéis e as tampinhas no próprio supermercado. Não se tratava de roubo, mas de expropriação, pensou consigo, uma espécie de financiamento. Isso mesmo, era um financiamento. Vestiu então sua melhor roupa: o terno, com gravata e colete, que usara havia mais de vinte anos no enterro de sua mãe. Achava que a ocasião exigia. Pegou a mochila preta, para guardar as tampinhas e os anéis, e tomou o ônibus em direção ao hipermercado mais longe de sua casa, onde ninguém o conhecia. Tinha que ser no maior supermercado e no horário de maior movimento. Assim, a ação de Joel passaria despercebida. Era o que ele imaginava. Os seguranças logo notaram sua presença. Pararam o que estavam fazendo para acompanhar com os olhos o lento e firme deslocamento daquele senhor alto, levemente curvado, mas imponente, de cabelo branco e tão distintamente vestido, apesar da mochila nas costas. Parecia vindo de outro tempo, de um tempo em que ainda existiam heróis. Respeitosos, deixaram-no passar antes de voltar a seus afazeres. Não seriam eles a perturbar a paz daquele senhor. Dentro do supermercado, Joel foi direto ao setor de bebidas e se pôs a arrancar, o mais discretamente possível, os anéis das latas dos refrigerantes em exposição e as tampinhas das garrafas pequenas, médias e grandes. Difícil era arrancar o anel e girar a tampinha sem fazer barulho e, principalmente, sem que aquela meleca doce e quente vazasse. Mas Joel era um craque e em minutos desenvolveu uma técnica precisa. A cada dia, ele ia a um hipermercado diferente para não ficar marcado. Em sua sala, crescia a montanha de tampinhas e anéis. Agora, só era preciso cadastrar o código de cada uma delas na internet. Joel não tinha computador e nem sabia como usar um. Pediu ajuda ao dono do bar da esquina, que lhe deu de presente o computador velho e colorido do filho pequeno. Joel não era um craque: Joel era o rei. Em pouco tempo, descobriu a senha do wi-fi do bar e passava os dias na internet a cadastrar os tais códigos. Ficou sabendo que, para triplicar a chance de ganhar a promoção, o concorrente deveria cantar a música criada pelo refrigerante enaltecendo os jogos, o governo e a seleção nacional. Era humilhante, mas Joel se submeteu também a isso. Ele precisava vencer. Foi na internet também que ele conheceu os rapazes. Lera no jornal sobre grupos de jovens que protegiam os mais velhos nas manifestações. Era triste admitir que não era mais o mesmo. Não poderia ir sozinho e não tinha nenhum amigo com quem pudesse contar: o Raul quebrara o fêmur havia dois anos e não conseguia andar, e o Moisés não reconhecia mais ninguém. Se ganhasse a promoção, ele poderia levar cem daqueles jovens para o estádio. Mas Joel não ganhou. E essa derrota não o esmoreceu. Promessa é dívida, e sua promessa era justa e possível. Entrou em contato com os rapazes e eles, destemidos, toparam o desafio. Foi um deles que sugeriu usarem os caminhões de entrega daquele mesmo refrigerante da promoção. Ele tinha um amigo que trabalhava na distribuidora e poderia ajudá-los. Joel gostara da ironia. Por isso, ele seguia agora pelas ruas, a pé, como prometera. Que dia, disse, enchendo os pulmões quando bateu a porta de casa atrás de si, havia uma hora. Logo encontraria os cem rapazes no lugar combinado e diria a eles, confiante e feliz, antes de entrarem clandestinamente nos caminhões de distribuição que os levariam até o estádio: agora é hora de vencer. Eles esperariam, nos subterrâneos, o jogo começar, sem água, sem luz e sem comida e, quando faltassem quinze minutos para terminar a partida, subiriam às arquibancadas, saltariam os parcos obstáculos do novo estádio, invadiriam o campo, correriam até o círculo central entoando um canto que falava em justiça e vingança e, antes que a polícia os alcançasse e os prendesse, abririam as mochilas e milhares de gafanhotos famintos sairiam de dentro delas, pulando com avidez na grama, deixando todos — inclusive a polícia — estupefatos com o tapete escuro, espesso e ameaçador que formariam no gramado verde e recém-plantado do estádio.

O boi

Há tempos Eduardo vinha adiando esta violência e esta felicidade. Finalmente, às onze horas do dia mais longo do ano, lá se encontrava ele diante de José, estancieiro na fronteira do Uruguai com o Rio Grande do Sul, lendário praticante da arte de assar o gado dentro do próprio couro. José tinha sido claro: o tiro deveria ser dado pelas costas e na cabeça. Se o boi desconfiasse que estava prestes a morrer, a carne endureceria. Eduardo assentiu sem uma palavra. Porém, ao se aproximar do boi, sussurrou algo, talvez um nome, talvez uma prece, para que o animal se voltasse e, no instante do tiro, o olhasse nos olhos.

O anão

O anão estava na mesa da janela, ao lado da porta do restaurante, sentado numa cadeira alta, normalmente reservada às crianças. Com as perninhas balançando no ar e o bracinho curto e troncudo apoiado no parapeito, observava, distraído, o movimento da rua. Tinha o rosto redondo, de traços infantis. Se não fosse o bigodinho fino e comprido, que ele fazia questão de enrolar nas pontas, dando um ar antiquado à sua aparência, poderia passar por um garoto — mas um garoto que quisesse parecer mais velho. Usava o cabelo escuro penteado para trás, com auxílio de gomalina, e se vestia como um fidalgo: calça, camisa e colete de cetim. Nos pés, pequenos e delicados, exibia sapatos de verniz vermelho nos quais não se percebia um único vestígio de sujeira, nem mesmo pó ou grão de areia. No pescoço, um colar de ouro com pingente de coração (por demais feminino) se sobrepunha ao colete, indo até seu umbigo. Um anel, com uma imensa esmeralda, enfeitava o dedo médio da mão esquerda, a mesma mão que, naquele exato momento, se achava para o lado de fora da janela. Ela, por sua vez, vinha pela rua movimentada trazendo uma mala enorme, xadrez, com rodinhas. Usava um véu todo trabalhado com fios de ouro, que lhe cobria o rosto e boa parte do longo vestido verde-água. Por conta disso, o anão não a reconheceu. Levou um susto quando aquela figura alta, de rosto coberto, se aproximou dele e lhe falou ao ouvido: "Você se incomodaria de nos sentarmos numa mesa mais ao fundo?". Mas seu perfume (de jasmim) e sua voz (de locutora de rádio) eram inconfundíveis. O anão pulou da cadeira alta, inclinou ligeiramente o tronco para a frente e fez uma mesura com a mão direita. Ela revirou os olhos e estalou a língua no céu da boca em sinal de impaciência e se dirigiu para a mesa mais afastada da janela, num canto escuro do restaurante. Chegando lá, tirou o véu, revelando um rosto de menina. Se os passantes a tivessem visto por baixo de seu disfarce, não lhe dariam muito mais que dezoito anos. Ela era linda. Como todas as princesas, tinha o cabelo encaracolado, os olhos cor de mel e a pele negra. O anão esforçou-se várias vezes para erguer a cadeira alta a fim de levá-la até a mesa escolhida pela moça, mas não conseguiu: toda vez que a levantava, desequilibrava-se e logo tinha que colocá-la novamente no chão. Como não queria parecer um fracote, repetiu o gesto inúmeras vezes, mas sempre sem sucesso. A moça, percebendo sua dificuldade, foi até lá e, para suprema humilhação dele, pegou a cadeira e a acomodou na mesa ao fundo. O anão, cabisbaixo, seguiu atrás dela e escalou a cadeira, onde se sentou. Depois de um longo suspiro, recuperou seu ar altivo.

— Trouxe o bebê? — perguntou ele, sem rodeios.
— Não! — respondeu ela, num rompante, com voz assustada. — Não. O bebê, não.
— Então, o que você veio fazer aqui?
— Vim lhe pedir mais tempo.
— Já lhe dei.
— Mais três dias.
— Não posso.
— Por favor.
— Seu prazo acabou. Não insista.
— Por favor.
— Já disse. Não insista. Quero o bebê.
— Por favor — implorou-lhe ela, levantando-se e ajoelhando-se ao lado das longas pernas da cadeira alta do anão —, eu lhe imploro, deixe-me ficar com o bebê.

O anão chegou a abrir a boca para retrucar, mas ela o interrompeu:

— Eu trouxe minhas joias.

Ela levantou-se do chão e pegou a mala grande que carregava consigo. Arrastou-a até diante do anão e abriu-a. Havia lá uma profusão de joias: brincos, anéis, colares, pulseiras, broches, camafeus, pingentes, presilhas para o cabelo, botões, abotoaduras, tiaras e até a coroa e o solitário de diamante usados por ela no casamento. Algumas eram cravejadas de pedras preciosas, como esmeralda (que o pai dela tanto gostava), rubi, safira e ametista. Outras eram de ouro maciço, do mais alto quilate. O anão, sem sair da cadeira alta, espichou o pescoço para a frente e espiou dentro da mala, sem demonstrar qualquer interesse. Depois, encarou a moça e disse, resoluto:

— Não quero suas joias. Quero o bebê.

— Não! — replicou ela, com horror. — O bebê não. O que você vai fazer com o bebê?

— Não vem ao caso. O que importa é que você garantiu que me daria seu primeiro filho.

— Ouça. Posso lhe dar tudo o que você quiser, mas me deixe ficar com o bebê.

— Não — reiterou o anão. — Eu quero o bebê e ponto-final.

— Posso lhe dar uma biblioteca só de clássicos, como você sempre quis, uma geladeira nova, um pomar de macieiras, um vinhedo, aquele cortador de grama com o qual você sempre sonhou, um carro esportivo daqueles bem velozes, moças bonitas para lhe fazer companhia, uma casa na praia, uma viagem de volta ao mundo. Você não queria conhecer o Rio de Janeiro? Esta é a sua chance.

— Não me interessa mais conhecer o Rio de Janeiro.

— Posso lhe pagar um cozinheiro particular para lhe preparar, todos os dias, por toda sua vida, a lasanha à bolonhesa que você ama. O que você acha? Hein? Não é uma boa troca? — perguntou ela, acrescentando depois de uma breve pausa, em que o anão nada falou: — Ou posso lhe dar uma conta bancária. Uma conta bancária é o que todo mundo quer! Você não tem conta bancária, tem?

— Não quero seu dinheiro.

— Posso lhe dar meu reino.

— Não quero seu reino. Quero o bebê! Nós combinamos o bebê! — exclamou o anão, perdendo a paciência.

— Não posso lhe dar o bebê — ela choramingou. — Ele é a única coisa que eu verdadeiramente tenho.

— Mas eu a salvei.

Ela baixou a cabeça e ficou olhando para seus sapatos de cristal. O anão continuou:

— Tudo o que você tem você deve a mim. Fui eu que a ajudei quando você mais precisava. Era eu quem estava a seu lado. Só eu. Se não fosse eu, você seria empalada, assada e, depois, cortada em pedacinhos, como um porco. Lembra?

Ela, com os olhos baixos e fungando, fez que sim com a cabeça.

— Você não tinha nada para me dar como pagamento e, mesmo assim, eu a ajudei.

— Mas agora posso lhe dar tudo o que você quiser — repetiu ela, levantando a cabeça, com voz de choro. — Mas me deixe ficar com meu bebê.

— Um ser vivo é mais precioso do que todas as riquezas do mundo. Eu quero o bebê.

Ela não respondeu de imediato. Apoiou os dois cotovelos na mesa e inclinou o tronco para a frente, aproximando-se do anão.

— Você é a única pessoa que me chama de "você" — disse-lhe ela por fim, em tom de acusação.

O anão a fitou, quieto. Não sabia o que falar. Ficou parado, examinando-a e pensando por um longo tempo antes de abrir novamente a boca:

— Se você me chamar pelo meu nome, o meu nome de verdade, aquele que nunca revelei a quem quer que seja, deixo você ir. E prometo que nunca mais aparecerei diante de seus olhos. Juro. Pode confiar. Nunca me aproximarei do bebê. Me mudarei de cidade, quiçá de continente. Sumirei do mapa. Pode acreditar.

Ela se encostou novamente no espaldar da cadeira e cruzou os braços. Olhava o anão com desconfiança. O anão, por sua vez, tamborilava os dedinhos na mesa, esperando. Subitamente, ela se levantou e se abaixou ao lado da mala. Ajeitou as joias lá dentro, fechou-a e colocou-a de pé, ao lado de sua cadeira. Em seguida, voltou a se sentar e a encarar o anão. Este curvou o corpo em direção a ela e disse:

— Ou, então, case-se comigo.

Ela o olhou bem nos olhos e não respondeu. O anão esticou o bracinho direito e tocou de leve na mão dela antes de repetir:

— Case-se comigo.

— Não posso — respondeu ela. — Já sou casada.

O anão debruçou-se sobre a mesa e envolveu a mão dela com as suas. Ela não ofereceu resistência alguma.

— Então fuja comigo.

Ela recolheu a mão de repente e a escondeu debaixo da mesa, sem dizer palavra. Empertigou-se na cadeira e ficou olhando para ele, meio de lado.

— Viveríamos de quê? — indagou ela, de súbito.

— Podemos vender suas joias. Valem uma pequena fortuna.

— Mas, um dia, essa pequena fortuna acabaria e não teríamos mais nada.

— Então veríamos o que fazer.

— Não se esqueça que não sou mais a pobre filha de um moleiro.

— Para mim, você nunca deixará de ser o que sempre foi...

Ela não gostou nem um pouco do último comentário do anão, mesmo sem saber dizer por que ele a irritara. Seu rosto se

contraiu e ela se virou de lado na cadeira, ficando de costas para a porta e de frente para uma parede escura enfeitada com pratos de cerâmica pintados com motivos florais. O anão a observava atentamente. Conhecia bem aquela postura. Ela era birrenta, mas tinha bom coração. Finalmente, ele completou a frase que iniciara:
— Uma princesa.
Ela virou-se levemente para olhá-lo, com um quase sorriso no rosto.
— Tome — disse ele, tirando o colar que trazia no pescoço. — É seu.
Ela se voltou totalmente para ele e hesitou alguns segundos antes de pegar o colar que ele lhe oferecia.
— Tem certeza? — perguntou-lhe ela.
O anão assentiu com a cabeça e fez um gesto com a mão para que ela pusesse a joia. Ela colocou o colar no pescoço e beijou o pingente. Cogitou agradecer, mas preferiu ficar calada, de cabeça baixa, pensando. O anão, que não gostava de vê-la assim, fechada em si mesma, perguntou-lhe de supetão.
— Você sabe o que dizem dos anões, não sabe?
— Não — respondeu ela, levantando a cabeça e franzindo a testa. — O quê?
O anão se calou. Apenas a encarou, em silêncio. Um garçom, surgido não se sabe de onde naquele restaurante até então vazio e irreal como um cenário de cinema, aproximou-se deles com um bloquinho na mão para anotar o pedido. O anão queria apenas um suco de uva e ela, um café duplo e forte, sem açúcar. O garçom sumiu de suas vistas como havia aparecido: sem fazer barulho, como se seu corpo não tivesse peso e seus pés não tocassem o chão. Os dois ficaram novamente a sós. Foi então que ela olhou o anão e declamou, para ele, estes versinhos:

Ai que destino, o meu, mais descabido!
Vendida pelo pai a um mau marido...

E, agora, qual será meu triste fim?
Ficar? Ou fugir com Rumpelstiltskin?

— Você sabe meu nome?! — perguntou o anão, verdadeiramente espantado. — O meu nome secreto!
— Sempre soube — disse ela, sorrindo pela primeira vez em anos.
Agora, foi o anão quem franziu a testa.
— Por que então você não disse antes? Poderia ir embora com a certeza de que eu não a importunaria mais. Você estaria livre.
— Livre? Estaria mesmo livre?
Ela se levantou e parou ao lado da cadeira alta do anão. Estendeu-lhe a mão direita e lhe disse:
— Vamos fugir?
O rosto do anão se iluminou, como se tudo o que ele tivesse feito na vida até então só se justificasse com a chegada daquele momento.
— E o bebê? — quis saber ele.
— Passamos para pegá-lo.
O anão ficou sem ação. Ela o segurou no colo e o depositou sobre a mala.
— Aquele seu último verso... A acentuação estava errada... — comentou ele, que se considerava, acima de tudo, um poeta, dedicando-se a fazer, nas horas vagas, sonetos de amor perfeitamente metrificados, todos votados a ela.
— E daí? — disse ela, sorrindo de novo.
Sem parar mais de sorrir, ela se pôs a andar, empurrando a mala com o anão em cima. Os dois saíram do restaurante, esquecendo-se de que haviam pedido um suco e um café, tomaram a rua, misturando-se à multidão que, àquela hora da tarde, voltava para casa, dobraram a esquina, seguiram pela avenida principal e foram, na medida do possível, felizes para sempre.

A pele

Ele

sentia tamanha aversão a pelos que chegou a arrancá-los todos de seu corpo com cera quente e pinça, não poupando nem mesmo os cílios e as sobrancelhas, nem mesmo os pelos de dentro do nariz, em favor de uma feição que fosse pura pele, a mais lisa, macia e imaculada pele, a qual hidratava três vezes ao dia com uma abundante camada do tradicional creme nivea da latinha chata e azul, creme branco e espesso que levava o mesmo nome de sua avó materna, morta centenária com a pele firme e elástica devido ao uso constante daquele creme que ela mandava vir da alemanha e que ele, anos depois, espalhava religiosamente sobre todo o corpo como se passasse a própria avó em sua pele, absorvendo pelos poros sua herança genética, sua mais arraigada tradição

Ele

ao colocar o relógio, numa tarde nevosa de agosto de mil novecentos e oitenta e quatro, viu um único pelo sobre o pulso esquerdo, um pelo grisalho, grosso, um tanto longo, irrompendo na pele com a violência de uma britadeira que furasse a terra de dentro para fora, e esta terrível descoberta o fez aproximar do pelo seus olhos de lupa (olhos míopes), notando, deste modo, que o poro de onde o pelo provinha estava vermelho e inchado, com uma minúscula ferida à esquerda, uma ferida sobre a qual ele não titubeou em passar a unha, acabando por arrancar, sem querer, a ínfima casquinha que, ao abrir um pouco mais a pequena lesão, liberou passagem para a saída de outro pelo, também grisalho, grosso, um tanto longo, que logo se ergueu majestoso ao lado do primeiro

Ele

— que sentia tamanha aversão a pelos que chegou a arrancá-los todos de seu corpo em favor de uma feição que fosse pura pele, a mais lisa, macia e imaculada pele — se horrorizou e tentou extirpar com os dedos mesmo aqueles dois estranhos, conseguindo com esta ação irracional e desesperada apenas levantar um pedaço da pele inflamada sob a qual se deixavam vislumbrar outros pelos grisalhos, grossos, um tanto longos, os quais também tentou arrancar com os próprios dedos igualmente sem sucesso e, quanto mais forçava o polegar e o indicador em pinça para dentro de sua pele, de onde não paravam de surgir indecorosos pelos, mais abria a ferida, uma ferida exangue, limpa e escura, como uma fenda na rocha indicando a entrada de uma caverna pré-histórica

Ele

percebeu que seria inútil continuar tentando arrancar com os próprios dedos os pelos que emergiam de dentro de si e segurou com firmeza a pele rasgada pela ferida, levantando-a com cuidado como se quisesse descascar uma batata cozida de uma só vez, ou como se retirasse um penso de um machucado ainda aberto e muito doído, e conforme ia puxando delicadamente a pele ia descobrindo uma mata de pelos grossos, grisalhos, um tanto longos que se apossavam sem nenhuma cerimônia do seu braço esquerdo, e ele seguiu tirando a pele que hidratou com tanto esmero por tanto tempo, desvelando em seus braços, pernas, pés, tronco, pescoço, cabeça, uma quantidade inimaginável de pelos que agora cobriam por inteiro seu mais novo corpo de lobo

A festa

Vem a mim, meu bom e velho Simão, a que todos chamam Pedro e por cuja santidade rezam, foste tu que me ensinaste a ser o que sou, Leão, entre todos os animais o mais bravo e valoroso, tu que me elevaste a chefe de todos os nus, pois foi sob a tua graça que me tornei invencível, dominei a floresta, conquistei reinos, matei e destroçei os inimigos sem misericórdia, arrancando-lhes as cabeças com uma só dentada, estripando-os com a força das minhas garras, comendo de suas carnes cruas e frescas e bebendo de seus sangues ainda quentes; Leão, cuja boca fede a mil mortes, este é quem sou, besta rude e intratável, de olhos vagos e impiedosos como o Sol, e que agora, diante de ti, ergue as patas dianteiras para abraçar-te, meu bom e velho companheiro Simão, meu padrinho, suplico-te, abraça-me forte pelo menos uma vez nesta curta vida, tu sabes que eu não seria capaz de te magoar, vem, ó nobre companheiro, abraça-me sem temor, quero-te perto de mim neste dia que é o das minhas bodas com a Leoa das patas ligeiras e do pelo macio e dourado, abraça-me e sente o cheiro putrefato que sai de mim, um cheiro que, certifico-te, nunca me abandonará por mais que eu abdique de ser quem sou e como sou, um líder e um matador; a morte, como bem sabes, meu bom e velho Simão, se impregna na carne viva e, como um fungo que age sobre um morango sadio e úmido, fá-la apodrecer; vem, Simão, ó príncipe dos homens, traze teu barco e deixa que ele, guiado por vontade tua e minha, nos conduza ao céu, onde nos esperam aqueles que convidaste para virem me saudar na mais bela festa de mais rico banquete: o destemido Tigre de bengala e cartola, o galhardo Porco do terno branco, o infesto Jacaré dos três mil dentes, o amargurado Macaco da cara pintada, o exultante Veado do laço no pescoço, a sobranceira Gata Ruiva das quatro luvas, a elegante Vaca do corpo apertado, o garboso Burro da carroça, a temível Cobra Grande do couro malhado, o irrequieto Percevejo de olhos largos, a pomposa Barata de casaca, o airoso Mosquito de charuto, o célere Pinguim do Polo, o encabulado Siri da casca cor de bronze, e muitos outros convivas a que não me cabe enumerar; vamos, Simão, meu caro, pede ao augusto Senhor que sopre mais forte as velas de teu barco para aproarmos logo à festa em que também a Leoa das patas ligeiras e do pelo macio e dourado me aguarda, minha doce Leoa, que esteve sempre ao meu lado, que cuidou de mim quando fui apanhado numa emboscada, pregado a uma árvore, tive o corpo lacerado por chicotes e facas, ela, a Leoa, vendo-me preso e torturado, emitiu o rugido mais violento e mais grave que podia alcançar, emitiu-o diante da entrada de uma caverna, para que, assim, o som ecoasse e se multiplicasse como se fosse legião de leões a rugir na floresta escura e não apenas uma leoa sozinha e assustada, a minha doce e única Leoa das patas ligeiras e do pelo macio e dourado, é ela que irei desposar hoje à noite, ó, Simão, meu prestativo Simão, pede, portanto, ao excelso Senhor que mande ainda mais vento para insuflar as velas e acelerar o barco, vamos, Simão, só a ti Ele escuta, tu que és a ponte de pedra entre céu e terra, de mim, como sabes, Ele não faz caso, carrego muito sangue nas minhas costas cansadas, as moscas já não me largam mais; vamos, Simão, já ouço o alegre canto dos convivas, um lindo canto sem mácula só possível de ser entoado por aqueles que não se lembram que vão morrer; vamos, Simão, meu bom e velho companheiro Simão, meu padrinho, dá-me um último abraço antes de entrarmos, isso, aperta-me forte contra teu peito, gosto de sentir teu hálito puro, tão diferente do meu, agora, vamos, partamos rumo ao nosso destino: já não é mais tempo de comer peixe.

II
Scherzo grazioso

O livro

Boa noite a todos. Gostaria primeiramente de agradecer o convite para estar aqui. É uma grande alegria poder falar de minhas pesquisas recentes para uma plateia tão qualificada. Pretendo discorrer um pouco sobre um livro inédito, chamado *Rancho*, o mais recente e talvez derradeiro volume de Veronica Stigger, escritora gaúcha que venho estudando há algum tempo. Como todos sabem, Stigger está desaparecida há quase quatro anos.[1] Ela foi vista pela última vez às cinco horas e quarenta e cinco minutos da manhã de 14 de outubro de 2013, na esteira de número três da retirada de bagagem do desembarque internacional do aeroporto de Guarulhos. Sete dias depois de seu sumiço, chegou ao meu endereço um envelope enviado de Montevidéu, com a data do carimbo ilegível, contendo um livro feito artesanalmente em tamanho padrão (14 × 21 centímetros), capa em cartolina amarelo-gema, costurado à mão de maneira grosseira, com linha vermelha, como se pode ver aqui no slide: os pontos são largos, tortos e desiguais. Salta aos olhos a qualidade igualmente pouco refinada da impressão — o que contrasta com o luxo das publicações dos seus livros pela editora Cosac Naify, que encerrou suas atividades em novembro de 2015. Certamente, o volume não foi impresso em

---

[1] Esta palestra foi proferida em 10 de março de 2017, em São Paulo, e em 1º de junho do mesmo ano, em Porto Alegre. Até a data do envio deste artigo para avaliação, em dezembro de 2017, Veronica Stigger continuava desaparecida.

gráfica, mas numa impressora comum como as que costumamos ter em casa, muito provavelmente com cartucho recarregado, uma vez que apresenta falhas e riscos, além de soltar tinta.[2] No centro da capa amarelo-gema, lê-se, em maiúsculas e vermelho, corpo 60, itálico, fonte Garamond (Stigger achava Garamond a mais elegante das fontes, ainda mais quando em itálico): *Rancho*. Logo abaixo, centralizado, em minúsculas e verde, corpo 18, normal, também Garamond: "Veronica Stigger". E, no pé da página, igualmente em minúsculas e verde, corpo 14, normal, Garamond: "Edições O Satanista". Note-se que as cores impressas na capa do livro correspondem às cores da bandeira do Rio Grande do Sul, de onde ela provém: verde, vermelho e amarelo. Esta outra imagem que mostro agora, da bandeira do Rio Grande do Sul ao lado da bandeira do Grêmio, era o protetor de tela de Stigger, que, além de gaúcha, era gremista. Vale talvez aqui fazer um parêntese para lembrar que a rivalidade entre os dois grandes times do Sul, Grêmio e Internacional, fora sugerida pela escritora no conto "Teleférico", que integra o livro *Os anões*. Neste conto, dois grupos de pessoas, divididos em duas equipes, um vestindo azul, outro, vermelho, balançam dois bondinhos do Pão de Açúcar até que eles batem, quebram e caem. Mas voltarei à relação com o Rio Grande do Sul mais adiante. Sigamos com *Rancho*. Li o livro de uma sentada tão logo ele caiu em minhas mãos. *Rancho* é uma novela, portanto, a segunda incursão de Veronica Stigger pelo gênero — se é que podemos chamar de novela aquele livro de título impronunciável, que, como observou um arguto leitor à época do lançamento, não tinha "unidade de prosa romanesca", ou outro que, tempos depois, notou muito perspicazmente a "ausência de clivagem entre enunciado e enunciação". *Rancho*

---

[2] Quando passei os dedos sobre as páginas, maravilhada que estava com um original que desconhecia, fiquei com os dedos todos pretos.

conta a história, em primeira pessoa, de uma mulher, Verônica, que percorre o mundo promovendo apresentações em que ela lê sempre o mesmo texto: um poema longo, em tercetos, dividido em três partes (Stigger sempre se achou muito hegeliana). A personagem afirma, no livro, sem qualquer modéstia, que aquele poema é a sua *Divina Comédia*. Essa ausência total de modéstia, diga-se de passagem, é (ou era: não sabemos que fim levou Stigger) uma característica também da autora, não só da personagem, como explicarei logo mais.[3] Retomando o enredo do livro, o poema que Verônica lê pelo mundo tem estrutura narrativa. Intitula-se "O coração dos homens" e rememora um fato que teria ocorrido em sua infância, quando, aos dez anos, fora obrigada, pela professora de inglês, a tomar parte numa encenação de *A Branca de Neve e os sete anões*. Ela era o espelho. Como se não bastasse ter que assumir esse papel degradante (ela achava que deveria ser a Branca de Neve), acaba menstruando em cena. Pela primeira vez. Era sua menarca. O trauma da exposição involuntária do sangue menstrual marca a personagem pelo resto da vida. Neste mesmo poema, ela relembra também duas outras vezes em que a menstruação veio à tona num momento impróprio: quando participou de outra apresentação na escola e quando ministrou uma aula de religião para seus colegas.[4] A personagem de *Rancho* passa

---

[3] Um dia, Veronica Stigger virou-se para mim e disse sem nem mesmo ruborizar: "Descobri o que quero fazer da vida: obras-primas!". Outra feita, olhando-se fixamente no espelho da confeitaria portuguesa que ela mais ama, saiu com esta: "É impressão minha ou o meu cabelo está ficando cada vez mais lindo?".

[4] Até onde sei, Veronica Stigger nunca foi religiosa. Pelo contrário, tendia fortemente ao ateísmo, embora houvesse recebido educação católica e utilizasse repetidas vezes as expressões "graças a deus", "se deus quiser", "benza deus", "deus te ouça", "ai, meu jesus", "cruz credo". Num Natal, contou-me sua irmã Helena Stigger, ela vestiu o boneco Fofão de Papai Noel e enforcou-o no vaso da samambaia presa ao alto da parede da casa de seus pais com o seguinte letreiro no peito: "Papai Noel está morto. Nós o matamos".

então a ler esse poema pelo mundo, como se, para tentar superar o trauma, fosse preciso reencená-lo, ritualisticamente, a cada apresentação. Tudo começa quando ela é convidada a tomar parte de um sarau numa livraria em São Paulo. Em vez de ler uma série de poemas curtos, Verônica pergunta ao organizador, o poeta Ricardo Domeneck, se não pode ler apenas um poema longo.[5] Ele assente com alguma relutância (não há nada mais chato do que poema longo ruim). E ela assim o faz. O livro conta que o sucesso de "O coração dos homens" é imediato e estrondoso. As mulheres ali presentes no sarau se solidarizam com a personagem que tem seu fluxo menstrual exposto. Afinal, qual mulher não teme o vazamento do sangue da menstruação, algo que está além do seu controle? A fama da leitura de Verônica logo corre de boca em boca. Em seguida, chamam-na para ler "O coração dos homens" em Florianópolis. Logo depois, em Salvador. E o sucesso só aumenta. Começam a reservar o melhor teatro de cada cidade para suas apresentações. As mulheres enlouquecem com a leitura. Sentem-se enfim representadas. Verônica, a personagem, se empolga com a recepção efusiva. Quando apresenta o poema em Buenos Aires, já não é mais uma leitura simples: ela capricha no figurino e chega até mesmo a criar uma voz — rouca e cavernosa — para a madrasta da Branca de Neve. Em Bruxelas, ela forja a menstruação descendo pelas pernas e atingindo as melissas brancas com ketchup diluído no mercuriocromo — o que, evidentemente, não funciona, desconcertando-a e fazendo-a abandonar a leitura dramática em prantos, para estupefação da plateia, que interpreta a saída de cena como parte do espetáculo. Para a leitura em Zurique, no famoso Cabaret Voltaire, convida sua

---

[5] Há um trecho do livro em que a personagem, maquiavelicamente, pensa: "Se eu ler um poema mais longo em vez de um monte de poeminhas, posso aparecer mais que os outros". De fato, isso acontece.

amiga Bárbara, a qual, vestida apenas com longas luvas vermelhas, passa a apresentação toda sentada a seu lado abraçada num imenso saco de Café do Brasil. Em Bucareste, entra em cena nua — embora não haja nada no poema que justifique tal atitude. Em Johannesburgo, ela quebra o espelho a cabeçadas no final da leitura e, com a cabeça sangrando, caminha até a boca de cena para receber os quase infinitos aplausos. Quando vai à China, à Índia e à Indonésia, Verônica já tinha largado a sua vidinha de professora de arte na rede pública fundamental para se dedicar somente à leitura de "O coração dos homens". Até os livros, que ela amava tanto, deixa para trás. Numa cena demencial de *Rancho*, Verônica coloca tudo o que possui dentro de caixas-arquivos. Até as coisas que não cabem numa caixa-arquivo, ela dá um jeito de colocá-las lá. Ela serra seu sofá e distribui os vários pedacinhos pelas caixas-arquivos. O mesmo faz com a mesa, a geladeira, o fogão, a cama *king size*, o armário, a escrivaninha, as inúmeras estantes de aço, a televisão de quarenta polegadas, a máquina de lavar... até o gato. Ela não chega a serrar o gato, é claro, mas o dopa e o deposita enroscado dentro da caixa-arquivo. Depois, leva tudo para um depósito e sai pelo mundo apenas com um baú repleto de fantasias. O capítulo em questão é o único que tem epígrafe — de Walter Benjamin, que diz: "O caráter destrutivo é o adversário do homem-estojo" — e começa assim:

> Eu estava concentrada na limpeza do parquê com palha de aço — fazia pouco que descobrira as maravilhas da palha de aço — quando Aristides chegou com as caixas-arquivos. Você não vai acreditar na maravilha que é isso aqui, disse-me ele, erguendo uma das quatro caixas-arquivos que trazia nas mãos. É fabuloso, reiterou, arrumei toda minha papelada com dez dessas. Sobraram essas quatro e as trouxe para você, arrematou. Tome, você vai adorar. Obrigada, disse-lhe, pegando as tais caixas-arquivos. Você quer tomar um chá?, ofereci.

Reparem que o trecho acima carece de um estilo mais apurado. A prosa chega a ser comum demais, diria até mal escrita. Está certo que, muitas vezes, a escrita de Stigger beira o banal, o quase infantil, o frouxo mesmo, com certo apelo a uma sintaxe pouco brasileira. Mas aqui há uma extrapolação do habitual: ela, por exemplo, repete desnecessariamente a palavra "maravilha": "fazia pouco que descobrira as *maravilhas* da palha de aço" e, já no início da frase seguinte, na fala de Aristides, "Você não vai acreditar na *maravilha* que é isso aqui". E há ainda um agravante: nesse trecho, ela introduz um personagem, o Aristides, que vai ter uma única função na história: apresentar à Verônica as caixas-arquivos. Depois que toma o chá, ele se retira da narrativa e não aparece mais. O mesmo já havia acontecido com Bárbara, que entra na história apenas para segurar o saco de Café do Brasil. Depois, como o Aristides, desaparece. Como já chamei a atenção anteriormente, há pontos de contato entre a personagem e a autora, para além do nome em comum, Verônica, e do interesse pela palha de aço.[6] Poderíamos dizer, então, que se trata de autoficção? Talvez. Eu diria, porém, que, no caso dela, é egocentrismo mesmo — um egocentrismo quase patológico.[7] Traços desse egocentrismo já são perceptíveis em seus livros anteriores. Não podemos esquecer que, em *Os anões*, ela reproduz em fac-símile a sua certidão de nascimento, através da qual ficamos sabendo que

---

[6] Stigger planejava escrever um conto sobre a palha de aço. Fez até mesmo algumas anotações, que encontrei num de seus caderninhos: "Fazer um conto em que a personagem principal vai descobrindo os encantos da palha de aço e acaba por passar palha de aço em toda a cidade. Ir num crescente até sabe-se lá quando, até que ela apague tudo, até mesmo a cidade, restando apenas ela e a palha de aço". [7] Ela era tão egocêntrica que, uma vez, a convidaram para falar sobre qualquer livro de sua predileção numa série de palestras de escritores. Ela poderia escolher qualquer um dos livros de seus autores preferidos, Borges, Bolaño, Kafka, Clarice Lispector... Mas ela escolheu falar de um livro dela mesma.

Stigger é, na verdade, homem. Neste mesmo livro, há vários textos em que ela se refere explicitamente a si mesma. "L'après-midi de V. S." (ou seja, Veronica Stigger) é um deles e "200 m²", em que uma personagem com seu nome se suicida, é outro. Curiosamente, os dois textos mencionados aparecem em páginas espelhadas no livro. Stigger, aliás, sempre dizia que, por causa de "200 m²", jamais poderia se matar: estragaria a ficção — e, como toda boa escritora egocêntrica, ela levava muito a sério seu trabalho de escrita. Isso nos faz crer que seu desaparecimento, portanto, não está associado a suicídio. Já em *O trágico e outras comédias*, seu primeiro livro, há um conto em que a personagem ama tanto seu umbigo que acaba indo morar nele, ou seja, em si própria. Aqui, Stigger está jogando com a expressão "só olha para o próprio umbigo", isto é, só pensa em si mesma. É o exemplo máximo do que a própria Stigger chamava de, num mau trocadilho, "autoficação". Mas estou me alongando muito e ainda não tratei do título do livro: *Rancho*. Para mim, é o que há de mais enigmático nesse seu último trabalho. Por que "rancho"? O que rancho tem a ver com o enredo do livro: a turnê pelo mundo da leitura de um poema sobre menstruação? A palavra tem uma série de acepções, mas creio que devemos pensá-la a partir do significado que adquire no léxico do Rio Grande do Sul — de onde, como já mencionei, se origina Stigger. Rancho é como se denomina, no Sul, a compra do mês no supermercado. Se diz "fazer rancho". Se diz: "Bah, mãe, onde é que tu vai? Vou ali no super fazer rancho".[8] O livro termina com o retorno de Verônica ao Rio Grande do Sul. A personagem também é gaúcha, o que reforça a identificação dela com a autora — e peço desculpas por

---

8 O escritor Bernardo Carvalho sugeriu que se pudesse tratar de plágio do blog de outro escritor, Daniel Galera, que vive em Porto Alegre. O blog dele se chama Ranchocarne. Dado que Stigger é também notória plagiária, talvez devêssemos levar essa hipótese em consideração, em combinação com as demais.

contar o final da história,[9] mas, neste caso, a volta para o Rio Grande do Sul talvez seja fundamental para tentarmos entender o título. Fazia tempo que, em seus escritos, Stigger vinha atentando para sua terra natal ou, pelo menos, vinha recuperando um vocabulário e um jeito de falar que era típico de lá: guri, negrinho (o docinho, em vez de brigadeiro), fuca… Pouco antes de desaparecer, ela lançou, na Argentina, um livro chamado *Sur* — em português, *Sul* —[10] no qual efetivamente há um poema chamado "O coração dos homens" e que, além deste, reúne mais dois outros textos, sendo o primeiro uma distopia futurista sobre a Revolução Farroupilha. Ela me disse, alguns meses antes de desaparecer, que o único feriado que ela respeitaria a partir de então seria o 20 de setembro. Naquele 20 de setembro de 2013, fui até seu apartamento e encontrei-a de pé no meio da sala, cantando, com a mão no peito, o hino rio-grandense, em looping. Era como se ela sentisse subitamente uma vontade de ser gaúcha, uma vontade que ela jamais expressou quando vivia em Porto Alegre: ela nunca bebeu chimarrão e nunca soube ao certo se quem usava lenço vermelho era chimango ou maragato. Mas agora parecia querer ser gaúcha. A chave para seu último trabalho talvez possa ser encontrada numa das epígrafes de *Sur*. É extraída do conto "O Sul", de Jorge Luis Borges, em que Juan Dahlmann, depois de recuperar-se de uma septicemia que quase o matou, retorna (ou sonha ter retornado) ao Sul, que, no fundo, não lhe pertencia, mas que ele queria muito que fosse seu. O *Rancho* de Veronica Stigger pode ser uma estância: o rancho pensado como

---

9 As pessoas têm a irritante mania de contar o final de todos os textos de Veronica Stigger. Parece até castigo, porque, segundo me contou seu marido, Eduardo Sterzi, em rodas de amigos, ela não conseguia se referir a uma piada sem contar, de início, o final. **10** O livro sairia em língua portuguesa pela Editora 34, e a imagem que ela escolheu para ilustrar a capa era, obviamente, uma fotografia dela mesma.

fazendinha — Juan Dahlmann está indo para a estância da família materna que ele mantinha no Sul. Talvez seu desaparecimento tenha a ver com isso. Num texto inédito em livro, que Stigger me leu um dia, ela forja um interlocutor que lhe pergunta:

> Por que você não escreve um conto em que a protagonista assiste a uma reportagem na tevê que diz que o chimarrão reduz o colesterol em quarenta por cento se tomado três vezes ao dia antes das refeições e então essa personagem começa a tomar chimarrão todos os dias, três vezes ao dia, antes das refeições, e, seis meses depois, ao receber os resultados do exame clínico e descobrir que realmente conseguiu baixar seu colesterol com a ajuda da bebida, ela compra um facão, um par de botas e um vestido de prenda, aluga um cavalo e se dirige ao Sul, a galope, preferindo o campo aberto às estradas, saltando por sobre as cercas e outros obstáculos, e, quando enfim chega ao Sul, cansada, mas feliz com a sensação de pela primeira vez em sua vida fazer a coisa certa, funda um grupo separatista?

Talvez ela tenha levado esse conselho não para a literatura, mas para a realidade — e tenha encenado, na vida real, a fuga para o Sul que narra no final de *Rancho*. Quem sabe um dia alguém não a encontrará vagando feito um fantasma numa esquina de Porto Alegre, ou ainda, numa esquina de Montevidéu, cidade que ela adorava e dizia lembrar a Porto Alegre de sua infância? Enquanto ela não volta, leiamos *Rancho*. E aqui encerro minha palestra. Muito obrigada.

O bar

Era a primeira vez que o casal visitava aquela antiga cidade do outro lado do Atlântico. Os dois sempre quiseram passar as férias lá, mas nunca, até então, a oportunidade havia se apresentado. Não deixa de ser uma Azenha com ruínas, disse-lhes com certo desdém uma amiga quando soube da viagem programada para junho, mês em que o casal comemorava o aniversário de casamento. A cidade surpreendeu a dupla: não correspondia à imagem que fizeram dela. Caminhando a esmo por suas ruas, os dois a sentiam tão antiga e tão distante (nem o alfabeto era comum) mas, ao mesmo tempo, tão estranhamente próxima e familiar. Se havia ali algo de Azenha, era de uma Azenha de outra época, que não chegaram a conhecer, pensou ele. No dia em que deveriam retornar, entraram ao acaso num bar de esquina num bairro que ainda não haviam percorrido. Fazia um calor danado, e eles escolheram uma mesa ao fundo perto do ar-condicionado. Ela pediu uma laranjada gasosa e ele uma limonada, também gasosa, além de alguns petiscos, que comeram distraídos e em silêncio. Ele examinava as toalhinhas de mesa de chita, indagando-se se já as vira fora de seu país, quando ela se virou para ele e disse: eu vou ficar. Ele a olhou, franziu a testa e, antes que considerasse contestar, ela repetiu com mais ênfase: eu vou ficar. Ele chegou a abrir a boca, ensaiando uma resposta, mas ela o interrompeu, acrescentando: meu destino é ser dona deste bar. Ele arregalou os olhos e tentou mais uma vez falar, mas esqueceu subitamente o que ia dizer ao perceber, na parede detrás da mesa em que eles estavam, um conjunto de seis fotografias, em que ela aparecia em vários tempos diferentes, emolduradas em madeira lascada, como as que eles tinham em casa, no mesmo tamanho em que ampliavam suas fotos juntos: treze centímetros por dezoito. Nas imagens, ela estava sempre sozinha nos mais diferentes lugares do mundo, desde a sua cidade natal até aquela capital que eles visitavam pela primeira vez. Notou, ainda atônito, que tocava, naquele exato momento, no som do bar, a música que ela costumava escutar em looping quando se trancava em seu escritório para trabalhar em algum projeto novo. Ele se virou e viu, na parede do balcão principal, uma imensa pintura a óleo, de uns dois metros por dois, representando ela e uma amiga de infância sentadas nos banquinhos altos do balcão de um bar, muito parecido com aquele em que estavam, conversando alegremente de costas para o espectador, mas com os rostos de perfil. Ao voltar-se para a frente, notou que estava sozinho à mesa. Levantou-se então e, sem ter muita certeza do que fazer, se dirigiu até a porta, por onde entrava agora a amiga de infância dela, que eles não viam havia mais de vinte anos, mais velha, mas com o mesmo porte elegante e a mesma maneira de se vestir de quando era jovem. Ela o cumprimentou com um aceno de cabeça e um sorriso tímido antes de andar até o balcão para beijar e abraçar sua mulher como se a tivesse visto no dia anterior. Ele chegou a dar alguns passos em direção às duas mulheres, mas desistiu: elas pareciam não se dar conta de sua presença; ou pior, pareciam não mais saber quem ele era. Ele baixou a cabeça, resignado em ter de partir sem se despedir, e saiu. Já do outro lado da rua, olhou para trás e não estranhou quando viu que o nome do bar estava escrito em português num letreiro antigo forjado a ferro: Cabaré do Galo.

O sangue

I Pré-histórias

Se eu começar a beber
sangue, posso ficar sempre
jovem e viver bastante?

Se eu beber sangue
de demônio
ganho poderes para voar?

Se eu beber sangue humano
de um portador de HIV,
posso pegar o vírus?

Matar galinhas para
beber sangue e beber sangue
de outros animais faz mal?

Beber sangue
de outras pessoas
não é arriscado?

Faz mal
beber sangue
da minha irmã?

Faz mal tomar
banho depois
de beber sangue?

O sangue pode
ser usado para
recarregar baterias?

Beber sangue:
o que a Bíblia
ensina?

II História

Imagina um acidente com um daqueles caminhões de sangue, disse Franklin, que segurava a cabeça de bode no colo. Que caminhão de sangue?, retrucou Eduardo, que conduzia o Uno vermelho amassado na traseira e com o farol direito quebrado. Seria aqui, em plena Bandeirantes, bem neste ponto, depois de cruzar o trópico de Capricórnio, disse Franklin. Caminhão de sangue?, insistiu Eduardo. O motorista do caminhão tiraria a mão do volante por um segundo para limpar o suor da testa — continuou Franklin ignorando a pergunta do comparsa e a mancha de sangue proveniente da cabeça recém-decapitada do bode que encarnava sua bermuda azul-turquesa — e justamente naquele segundo maldito a roda esquerda do caminhão cairia no único buraco ainda não recapeado da pista e o motorista perderia o controle da direção. Mesmo que não se distraísse tentando eliminar aquela gota de suor que ameaçava entrar em seu olho, ele não teria como ver o buraco, emendou Eduardo tomando gosto pela história, porque seriam altas horas de uma noite especialmente escura, sem lua e sem estrelas. O caminhão tombaria de lado, prosseguiu Franklin, e pararia duzentos metros adiante, impedindo a passagem dos carros e formando um engarrafamento monstro, que travaria a Marginal Tietê até Cumbica por horas e horas. A carroceria se romperia e o sangue brotaria dali como de uma imensa ferida aberta, ou melhor, como de uma jugular cortada pela mais afiada das facas jamais produzida até então pelo nosso grande amigo Tom. Não!, exclamou Eduardo. Por uma faca, não. Cortada por uma espada! Isso!, concordou Franklin, por uma espada! Uma espada de samurai com cabo de madeira todo trabalhado representando a criação do mundo, arrematou Eduardo. Aí, continuou Franklin, o sangue cairia em cascata da carroceria do caminhão e se esparramaria pela estrada em ondas, borbulhante, vermelho-escuro, formando poças aqui e ali, e deixando tanto o asfalto quanto a vegetação da beira da estrada totalmente rubros. As pessoas desceriam dos carros e iriam até o caminhão. Quando as lanternas dos celulares iluminassem a estrada e elas vissem aquela quantidade absurda de sangue, uma sangueira impossível de imaginar até então, elas começariam a berrar. Isso, assentiu Eduardo, elas começariam a berrar e a arrancar os próprios cabelos, pensando se tratar do fim dos tempos. Os homens se ajoelhariam no chão, emendou Franklin, as mulheres tentariam rasgar as roupas e as crianças se vomitariam todas. Menos uma. Menos uma, repetiu Eduardo. Um menino, disse Franklin. Um menino índio, completou Eduardo, um menino de uns dez anos que costumava, àquela hora da noite, descer para a beira da estrada para ficar observando os carros passarem. O filho caçula do cacique, falou Franklin. Não, retrucou Eduardo, o próprio cacique, o cacique por vir. Esse menino, continuou Franklin, se abaixaria e, como um cachorro sedento, lamberia o sangue acumulado no buraco que havia ocasionado o acidente; lamberia aquele sangue todo, vampirescamente, como se fosse a última reserva de água do mundo. E, quando não sobrasse mais uma gota de sangue no buraco, acrescentou Eduardo, ele voltaria para as margens da estrada, de onde viera, subiria a pé o Pico do Jaraguá e, lá do alto, olharia para trás, para a estrada, e pensaria que o cheiro do sangue, um cheiro que se impregnaria no asfalto e se faria sentir ainda por três longos dias, era mais forte, adocicado e enjoativo que o cheiro do vômito. Seria aterrador, falou Franklin. Aterrador! E os dois ficaram sacudindo a cabeça em assentimento. Só uma coisa, disse por fim Eduardo, existe caminhão de sangue? Existe. Claro que existe. É o caminhão que leva o sangue doado de um hospital a outro. Cansei de ver por aí. Existe, sim, não existe? Não sei.

III Histórias da arte

Artista adoça
café de marchand
com menstruação

Tatuadora faz pequenas
incisões na parte interna das coxas
e consome o sangue fresco

Michele prefere sangue
de porco, que é facilmente
encontrado nos mercados

Em experimento artístico,
francesa injeta sangue de cavalo
e se sente extra-humana

"Eu só tento evitar a área
do pescoço: é muito clichê",
diz americana

No vernissage, será
servido Bloody Mary
com sangue de verdade

Foi o próprio
Beuys quem
matou a lebre

Quando vier o
dilúvio de sangue
Noé não terá arca

Franklin foi assistir a
um filme de vampiro
e pensou num poema

O concunhado

Cláudio desceu do ônibus com o machado debaixo do braço. Se não tivesse gasto todo o pouco dinheiro que tinha com a passagem e o machado, beberia alguma coisa — um leite morno, uma cerveja, talvez uma cachaça — antes de ir ao encontro do João de Almeida. Estava cansado. Quem sabe fosse mais sensato ter comprado um terno e pego carona. Não podia aparecer na frente do João de Almeida naquele estado, desgrenhado, olheiras fundas, com sapatos desgastados, o paletó puído e encardido. O farrapo que estava. A única coisa novinha em folha que levava consigo era o machado. Este ainda recendia a madeira recém-polida, um luxo. Já Cláudio fedia. Nem se lembrava de quando tomara o último banho. Cheirou o sovaco direito, depois o esquerdo, e teve vontade de chorar. Devia ter comprado um terno e uma colônia, pensou. Principalmente uma colônia. Olhou para os lados, para a minúscula rodoviária e sua desolada lanchonete, e caminhou em direção ao banheiro. Lá chegando, apoiou o cabo do machado na pia e se viu no espelho rachado. Parecia mais velho, bem mais velho do que Branca, embora fosse pequena a diferença de idade entre os dois e ele ainda tivesse todos os dentes da frente. Com as duas mãos espalmadas na pia, aproximou o rosto do espelho. Seria bom ter uma pinça para arrancar os pelos que se acumulavam entre os olhos. Tirou o paletó e estudou sua camisa no reflexo à frente. Estava ainda mais puída e encardida do que o terno. Não teve dúvida: se livrou também da camisa e da camiseta que usava por baixo de tudo. Abriu a torneira e jogou água no rosto e no peito cabeludo. Encharcou o cabelo, penteando-o para trás com os dedos. Pegou então o sabonete cor-de-rosa ressecado, que há muito perdera seu odor de lavanda, e o esfregou debaixo dos braços. Enxaguou os sovacos e os secou com a toalhinha de algodão que fora um dia branca e agora exibia uma mancha antiga, comprida e fina, provavelmente de sangue (um evidente sinal de mau agouro que passou despercebido a Cláudio). Sentia-se melhor e muito mais apresentável. Sorriu para si mesmo no espelho. Foi então que viu, pelo reflexo, uma série de inscrições na parede às suas costas, acima do vaso sanitário. Virou-se e leu-as. A maioria dava conta da vida sexual dos poucos funcionários da rodoviária. A Marcinha da lanchonete é uma mulher de ouro: se derrete toda para dar o anelzinho dourado. O filho do Agenor do caixa não é do Agenor, mas do Gaspar, o faxineiro. A Sônia da lanchonete só fica calma quando apanha. O Paulo da bilheteria é um prodígio entre os cornos: leva chifre da mulher e da amante. Outros rabiscos queriam apenas ser engraçadinhos, mas fizeram Cláudio refletir. A verdadeira felicidade é chegar neste lugar a tempo. Lá fora o cabra é muito macho, aqui não passa de um cagão. Entre as tantas inscrições, feitas a tinta ou a grafite direto na parede, se destacava uma maior, escrita à mão, numa letra reta e elegante, sobre um papel amarelado, afixado com fita adesiva. Dizia ela:

Garantia total

TRAGO
a pessoa amada
de volta te amando
mais do que antes

Beco da Solidão, 530, fundos

Cláudio retirou da parede o papel com o anúncio e o colocou no bolso da calça. Apanhou o machado e saiu com ele, deixando para trás, sobre a pia do banheiro, a camiseta, a camisa e o paletó. Andava pelas ruas com o peito nu, arrastando o machado pelo chão. Dirigia-se resoluto à loja de João de Almeida, num passo cadenciado, nem muito lento, para não parecer provocação, nem muito rápido, para não parecer desespero. Mais uns dez minutos de caminhada e estaria cara a cara com o concunhado. Uma pequena multidão, intrigada com o machado e divertindo-se com o peito nu daquele Maciste anêmico de matinê, passou a segui-lo, guardando dele uma distância providencial. Ao dobrar a esquina, finalmente divisou o estabelecimento de João de Almeida, que ficava na praça central, ao lado da igreja. E lá estava ele, dentro da vitrine da sua loja, com seu terno branco, sua indefectível gravata vermelha e suas polainas inatuais, que usava obstinadamente sobre o sapato bicolor. Vivia com o rosto todo empoado de talco e o cabelo besuntado com brilhantina, numa tentativa vã de torná-lo liso (ondas rebeldes e intratáveis, que se formavam apesar do cosmético, denunciavam a carapinha). Ele vendia roupas de baixo e fazia questão de vestir pessoalmente suas manequins, para escândalo da pequena cidade, que nunca deixou de se horrorizar diante da vitrine em que se exibiam, sem qualquer pudor, peças tão íntimas. Havia senhoras, ditas de respeito, que só passavam em frente à loja com as mãos em torno do rosto, ao modo de antolhos. Ao apertar as cintas nas manequins, João de Almeida aproveitava para passar discretamente a mão na bunda daqueles corpos de material inerte. Mas evitava tocar-lhes os seios, porque os seios, acreditava ele, eram sagrados. Sagrados!, costumava repetir.

— Uma mulher verdadeiramente honesta jamais mostra os seios — pontificava, baixando o tom de voz ao pronunciar a palavra "seios". — Nem mesmo para seu marido. Se mostrar, é porque o sujeito é corno. Batata!

João de Almeida estava de costas para a rua. Não viu quando Cláudio se aproximou da loja. A pequena multidão se concentrou do outro lado da praça. Os mais jovens se sentaram no meio-fio, para melhor assistir ao espetáculo. E o ator principal não se fez de rogado. Cláudio quebrou a vitrine com o machado e entrou por ela. Com o barulho, João de Almeida voltou-se:

— Cláudio! O que é isso?

Cláudio não respondeu. Pisando nos cacos de vidro, foi até João de Almeida e o agarrou pela gravata, empurrando-o para dentro da loja.

— Para, Cláudio, você está me sufocando.

— Fica quieto e anda.

João de Almeida se locomovia aos tropeções. Cláudio o arrastou até a porta do escritório. Lá, soltou-o por um instante, para, com as duas mãos, derrubar a porta de madeira a machadadas. João de Almeida estava lívido. Não falava mais. Apenas suava muito, o que fazia com que o talco paulatinamente sumisse do seu rosto.

— Entra! — foi só o que Cláudio disse num tom duro e seco.

João de Almeida não titubeou. Entrou correndo e se pôs atrás de sua mesa. Tomou na mão trêmula o abridor de cartas como se este fosse um punhal — um punhal que não lhe serviria para nada (talvez só para justificar sua morte), já que ele não tinha a mínima ideia de como manejá-lo.

— O que você quer? Meu dinheiro?

João de Almeida pegou a carteira no bolso e a atirou em cima da mesa.

— Pegue! Vai comprar uma camisa, vai. Coma alguma coisa e tape esse peito indecente. Deve ser fome. Isso mesmo. Só pode ser fome.

Cláudio levantou o machado e deu um único golpe sobre a mesa, bem em cima da carteira de João de Almeida, que se partiu em duas. Com a pancada, a mesa, que era forte, de jacarandá, envergou. João de Almeida, assustado, deixou cair o abridor de cartas no chão. Cláudio levantou mais uma vez o machado e deu outro golpe violento sobre a mesa, que, desta vez, não resistiu e se rompeu. João de Almeida se encolheu. Cláudio ergueu novamente o machado mas, antes que pudesse baixá-lo, João de Almeida tombou no chão duro, a seus pés, como se tivesse sido atingido por uma bala ou como se suas pernas houvessem subitamente se transformado em borracha. Tal qual um penitente, juntou as mãos, palma contra palma, e se pôs a rezar baixinho, coisa que não fazia desde os nove anos, quando frequentava a missa só para ver as meninas com laços de fita na cabeça. Assim ficou, parado, rezando, por longos minutos, enquanto Cláudio o observava, desconcertado com a atitude do outro, mas sem querer quebrar o encanto misterioso de que ele parecia possuído. Depois de esperar por quase meia hora, notando que João de Almeida não sairia daquela posição, na qual parecia estar predestinado a ficar até o fim dos tempos, murmurou:

— João de Almeida.

Não obteve resposta. João de Almeida estava por demais absorto, parecia alheio ao mundo, como um santo extático. Cláudio hesitou por algum curto espaço de tempo antes de encostar o machado na quina da parede e caminhar até próximo de João de Almeida. Inclinou-se um pouco para a frente e tocou de leve seu ombro esquerdo.

— João de Almeida.

O concunhado levantou a cabeça devagar como se esta fosse um peso morto em cima de seu corpo e encarou Cláudio com os olhos vermelhos. Cláudio recuou um passo, indeciso sobre sua próxima atitude.

— Você nunca vai entender — disse-lhe João de Almeida. — Nunca.

Ele então abriu os braços e jogou a cabeça para trás, num gesto dramático.

— Eu sou um merda, Cláudio, um merda! — gritou, como se estivesse falando aos céus.

Cláudio cogitou se aproximar de João de Almeida, mas desistiu. Coçou a cabeça e olhou para os lados, sem saber o que fazer. Pensou em ir embora. Chegou a dar as costas para João de Almeida, que, ainda de joelhos, lhe pediu:

— Não se vá, Cláudio. Por favor, não se vá.

Cláudio parou. Voltou-se para João de Almeida, que passou a chorar desesperadamente, feito criança pequena. Os soluços sacudiam seu corpo, e as lágrimas escorriam aos borbotões pelo rosto. Enquanto chorava, repetia sem parar:

— Eu sou um merda. Um merda.

Cláudio olhou de esguelha para o machado, que, solitário e inútil, permanecia encostado na quina da parede. Num arroubo inesperado, João de Almeida se agarrou às pernas de Cláudio e, fitando-o no fundo dos olhos, suplicou-lhe, quase que a meia-voz:

— Me chama de putinha e me dá um tapa na cara.

Cláudio tentou se desvencilhar de João de Almeida, mas não conseguiu. Este apertou suas pernas ainda mais contra o peito, impedindo Cláudio de se mover.

— Cláudio, é só isto que eu te peço: me chama de putinha e me dá um tapa na cara.

João de Almeida fechou os olhos e ergueu o rosto, oferecendo-o para Cláudio, que mordeu o próprio lábio com raiva, como se tivesse de súbito se lembrado de por que estava ali, e ergueu alto o braço, com a palma da mão aberta. Mas não pôde desferir o golpe porque foi tomado por um repentino ataque de choro. Caiu de joelhos no chão em frente a João de Almeida e, segurando seu rosto com força entre as mãos, deu-lhe um beijo tão profundo que parecia querer matá-lo sufocado com sua língua. Assim agarrados, os dois homens não perceberam a entrada de um menino que, de cima de um rema-rema vermelho e branco, como a cor da mobília daquela sala, exclamou:

— Pai!?

A casa

Lena e Lina estão sentadas em cadeiras de madeira, com as mãos apoiadas nas coxas. Elas vestem malhas de balé, meias arrastão e escarpins, tudo preto. Lena se encontra no canto esquerdo do palco, enquanto Lina se acha no lado oposto. No chão, ao lado de cada uma delas, há um chumaço de algodão, três pedaços retangulares de papel branco e uma tiara na qual estão afixadas duas orelhas longas e vermelhas de cartolina. Há um foco de luz em cada uma das personagens. Elas olham para a plateia, ignorando a presença uma da outra. Lena começa a falar, como se estivesse dialogando com alguém do público.

LENA
Como eu soube que tinha suruba na cozinha? Eu fui até a cozinha. Só queria fazer um chá. Pegar uma água quente. Mas, quando cheguei lá, eu e a minha chaleira vazia, dei de cara com dois casais se agarrando. Acho que ainda não estavam transando. Mas quase. A gente sabe quando um casal está quase transando. Eles ficam, assim, juntos. Bem juntos. Com as pernas enroscadas e... (*indecisa, como se escolhesse a palavra mais adequada*) as genitálias roçando. Por cima da roupa, é claro. Porque eles ainda não estavam transando. Estavam quase transando. Quase transando. Iam transar com certeza. Em pouquíssimo tempo. Era como se já estivessem. Um dos casais estava na mesinha do micro-ondas — isso mesmo, na mesinha do micro-ondas. Ele já estava sem camisa. Com as calças, mas sem camisa. E sem

sapato também. Ela estava com a saia arregaçada. Bem arregaçada. Dava para ver a calcinha dela. Uma calcinha vermelha, cheia de rendinhas e lacinhos. Daquelas de fiozinho que entra no cu. Não gosto desse tipo de calcinha. Me dá corrimento. Candidíase. Sofro muito com candidíase. Uma desgraça. O outro casal estava na mesa onde a gente comia. É isso mesmo: na mesa em que a gente comia. Um nojo. Ele sentado e ela por cima dele. Menos mal que ele estava de calça. Acho que eu viraria anoréxica se tivesse visto ele com o traseiro nu em cima da mesa onde eu tomava café, almoçava e jantava. Mesmo assim, me peguei imaginando onde ele teria sentado antes de chegar ali. Imaginei ele encostado na pia de um banheiro público ou sentado num banco de praça cheio de areia, numa escadaria por onde passa um mundo de gente, no meio-fio onde alguém tivesse mijado na noite anterior, na poltrona de um cinema pornô... E me deu vontade de vomitar. Por que ele não estava sentado numa das tantas cadeiras da cozinha? (*Breve pausa. Dramática*) Não, ele tinha que se sentar na mesa em que a gente comia. E ela se esfregava doentiamente nele. Ou melhor, no... (*indecisa, como se escolhesse novamente a palavra mais adequada*) pênis dele. Ela estava tão grudada nele que não dava para ver o rosto dela. Só aquela inconfundível cabeleira crespa cor de fogo. Ele também estava sem camisa e sem sapato. Ela vestia um tubinho curtíssimo. Mal cobria a bunda. Não era preciso arregaçá-lo para que fosse possível ver que ela não usava calcinha. Nos pés, saltos altíssimos. De verniz. Também vermelhos. Eu ia saindo de fininho quando ouvi a voz da Lana.

LINA
Lana.

LENA
A Lana.

LINA
A Lana.

LENA
Sempre a Lana.

LINA
Sempre a Lana.

LENA
Pois foi aí que eu ouvi a voz da Lana.

LINA
(*Imitando a voz da Lana, uma voz grave e sexy*) Não vai, Lena, fica! Fica aqui com a gente. Vem, fica! Fiiiica!

LENA
Ficar lá. Imagina! Era só o que me faltava! Preferia ficar sem meu chá. Sei que ainda não era uma suruba propriamente dita, mas seria. Tenho certeza disso. Era lógico que ia rolar troca de casais. Estava na cara. Era só uma questão de tempo. Mas eu não esperei para ver. Voltei correndo para o quarto com a minha chaleira. Com a minha chaleira vazia. Fiquei sem chá aquela noite. O fim da picada. O pior é que não tinha nem pai nem mãe para me aconselhar. Não me sobrava ninguém naquela casa. Só a Lina. Na Lina, eu podia confiar. Pelo menos, ela era a pessoa mais sensata ali. A Lina é a minha melhor amiga. E ela me disse:

LINA
(*Com voz normal, olhando para a plateia, sem se virar para Lena*) Lena, já participei de swings, já transei com dois amigos meus que são gays, já passei um fim de semana inteirinho transando

com uma mulher na Serra — e não sou lésbica —, e posso lhe assegurar: você tem toda razão, assim já é demais. Os caras exageraram. Na cozinha, não dá. Cozinha é lugar sagrado.

LENA
Também acho. Na cozinha já era demais. Cozinha não é lugar para isso. O pessoal havia passado dos limites.

Pausa curta.

LINA
(*Continuando a olhar para a plateia, agora, como se conversasse com alguém específico do público*) Vou te contar: eu sou puta, mas a Lana é profissional. Quando eu tinha uns doze anos, falei para mim mesma: quero ser puta. A partir daí, me eduquei para ser puta. Fiz de tudo para ser puta. Me esforcei. Sério, me esforcei mesmo. Joguei todas as minhas bonecas fora. Só fiquei com as Barbies, que eram fininhas e compridas e me davam muito prazer na hora de me masturbar. Troquei a calcinha de algodão, que era coisa de criança, por calcinha de lycra. Vestia saias justíssimas e só usava top, não interessava se estava fazendo frio ou calor. Me maquiava muito. Pintava os olhos de preto e a boca de vermelhão. Juntei o dinheiro que ganhava do meu pai para a merenda e comprei um monte de caralhos de borracha. Comprei de todos os tipos: vibrantes, grossos, coloridos. Comecei a sair com caras mais velhos. Cheguei a pensar em fazer programa, mas me dei conta de que só queria transar e não ganhar dinheiro com isso. Hoje, sou viciada em sexo. Não posso ir para casa sem ter transado com alguém. Pode ser homem, pode ser mulher, pode ser cachorro... O que não posso é ir para casa sem ter dado para alguém. Fico louca se não trepo. Se passo mais de dois dias sem trepar, subo pelas paredes, como uma gata no cio. Preciso ficar esfregando a boceta no travesseiro

para ver se a vontade passa. Se não passa, não tenho dúvida: vou até o vizinho e bato na porta. Nua, completamente nua, é lógico. Juro, bato na porta mesmo. Já fiz isso várias vezes. E ele nunca me recusou. Também, não dou tempo para que ele cogite me recusar. Mal ele abre a porta, me atiro em cima. Sério, me atiro mesmo. Ou caio com tudo no chão e tiro o pau dele para fora e começo a chupá-lo ali mesmo, no corredor. Não quero nem saber. Estupro o guri. Estupro mesmo. Faço qualquer coisa por sexo. Lambo o chão se for preciso. Enfio a cabeça na latrina. Engulo o pau até vomitar. Vendo meu carro para pagar um bom caralho. Mas não posso ficar sem sexo. É mais forte do que eu. É biológico. (*Pausa curta*) Mas aí encontrei a Lana.

LENA
Lana.

LINA
A Lana.

LENA
A Lana.

LINA
Sempre a Lana.

LENA
Sempre a Lana.

LINA
A Lana é profissional, cara. Ela é demais. Tenho que tirar o chapéu para ela. No dia da festa, a Lana colocou a malha de balé mais apertada que ela tinha. Era tão apertada que as banhas saltavam para fora.

Enquanto Lina fala, ela e Lena fazem os mesmos gestos, como se seguissem uma coreografia.

LINA
(*Passando lentamente a mão na malha que veste, alisando-a*) Era uma malha preta, antiga, bem cavada nas pernas, com um decote alto e quadrado. Os peitos — e a Lana tem uns peitos imensos — ficavam comprimidos. Não parecia ser do tamanho dela. Talvez um dia tivesse sido. Com certeza não era mais. Não sei de onde ela tirou aquilo. Era uma coisa meio assim *Flashdance*. (*Passando agora a mão nas pernas, alisando-as*) Nas pernas — e ela tem umas pernas grossas, brancas, mas meio flácidas —, nas pernas, ela colocou uma meia arrastão. Não sei se para ficar sexy ou para esconder a celulite. (*Esticando as duas pernas para a frente e mexendo apenas os pés, para cima e para baixo, para melhor exibir os sapatos*) Nos pés, uns escarpins pretos, de verniz, também meio fora de moda. Mas ela não parou por aí. (*Deixando de alisar as pernas e apanhando a tiara do chão*) Pegou uma cartolina vermelha, desenhou duas orelhas longas e estreitas e as recortou. Colou as orelhas numa tiara fininha que ela gostava de usar e (*colocando a tiara na cabeça*) pôs no meio da cabeleira crespa e ruiva dela. Uma cabeleira incandescente. (*Tomando os pedaços retangulares de papel do chão*) Recortou ainda outros três pedaços de papel. Desta vez, de papel ofício branco, que a gente usava para imprimir os primeiros esboços das nossas teses. (*Separando os dois pedaços menores e prendendo-os em torno dos pulsos*) Os dois pedaços menores ela colou em volta dos pulsos, como se fossem punhos de uma camisa inexistente. (*Ajeitando o terceiro e maior pedaço de papel em torno do pescoço*) O outro pedaço retangular, maior que os dois anteriores, ela enrolou em torno do pescoço, fazendo parecer um colarinho. (*Pegando o chumaço de algodão e, de pé, fixando-o acima das nádegas*) Depois, aplicou

na malha um chumaço generoso de algodão, em forma de bola, na altura da bunda. Quando ela chegou à festa, já estava todo mundo lá. Da porta da sala, ela anunciou em alto e bom som:

LENA
(*Imitando a voz da Lana*) Aviso a todos os presentes: está aberta a temporada de caça à coelhinha!

LINA
A Lana é profissional. Ela é demais. Não sou nada perto dela. Sou lixo. Uma guria cagada. Ela desceu para a festa disposta a beijar todo mundo. Todo mundo. Homem e mulher. Ela agarrava qualquer um que cruzasse seu caminho. Ela parecia ter se transformado numa imensa língua. Uma língua-serpente, descontrolada. Um corpo-língua, capaz de engolir todos os presentes. Segurava firmemente a presa dela pelas bochechas e fazia a língua passear na boca alheia. Ela tinha uma língua longa, lisa e suave. Não escapei à investida dela. Nem eu, nem a Lena. Aliás, fomos suas primeiras vítimas. Seu beijo era gostoso. Molhado e delicado, com um leve gosto de morango. A delicadeza do beijo contrastava com a violência do ataque. Era excitante. E os homens não escondiam a excitação. Eram visíveis as massas — rijas — sob as calças. Em pouco tempo, estava todo mundo se esfregando. Foi aí que a Lana subiu na mesa de centro da sala e anunciou:

LENA
(*Imitando a voz da Lana*) Quero todo mundo aqui no meio. Vamos lá, pessoal. Vamos formar uma roda. Isso. Agora, todo mundo com a língua de fora. Vamos beijar. Vamos nos beijar todos juntos, de uma vez só. Vamos nos lamber. Vamos nos acabar, que a vida é curta. E uma só.

LINA
Ela desceu da mesa num pulo. Ao aterrissar, um de seus saltos prendeu numa fresta do parquê. Ela se desequilibrou e quase caiu de cara no chão. Normalmente, ela não teria se desequilibrado. Embora não seja magra, Lana é leve. Seus movimentos são graciosos. Movimentos de bailarina. Nas festas, todos paravam para vê-la dançar. Mas, naquele dia, àquela hora, ela já estava mais para lá do que para cá. Ela tinha descolado umas garrafas de cachaça, que lá na casa não tinha, e estava bebendo aquilo como se fosse suco de laranja. Não havia como ela manter o equilíbrio. Mas ela não chegou a cair. Surgiram, não sei de onde, quatro homens que a agarraram antes que ela atingisse o chão. Ela não teve dúvida: em agradecimento, lambeu o rosto dos quatro do queixo à testa e os beijou profunda e demoradamente, como se tentasse tocar, com a língua, a campainha de suas gargantas.

Pausa curta.

LENA
Aqui dá para falar "vadia"? Porque lá não dava. Era proibido. Eu vivia sob uma ditadura. A ditadura do amor livre. Eu era "a moralista". É assim que eles me chamavam: moralista. Porque eu não queria fazer suruba na cozinha. Vocês acham normal fazer suruba na cozinha? E, ainda por cima, na mesa em que a gente comia? Depois, a pessoa vai comer, encontra um fio no meio do pão e fica sem saber se é só um cabelo ou se é um pentelho. Se vê um floquinho marrom em cima da mesa já fica achando que é cocô e não sabe mais se a gosma dentro do copo é porra ou outra coisa nojenta. Não! Decididamente não é normal fazer suruba na cozinha. Vai fazer no quarto. Cada um tinha seu quarto. Vai fazer na sala então se quer ser visto. Ou no bosque. Por que não fazer no bosque? Todo mundo transava

no bosque. (*Breve pausa*) Não. Tinha que ser na cozinha. Com tanto lugar para fazer suruba, eles foram escolher justo a cozinha. A minha cozinha. A cozinha em que eu tomava café, almoçava e jantava. A cozinha em que eu esquentava a água para o meu chá todas as noites. Puxa vida, não sou moralista. Nunca fui. Só tenho princípios. Não acho certo fazer suruba na cozinha. Mas não sou contra suruba. Longe de mim. Até já fui numa casa de swing. Mas não participei. Também não fui lá só para ver sexo explícito. Se eu quisesse ver sexo explícito, ia à Praça Quinze, no Rio. Todo mundo sabe que, de noite, rola muito sexo na Praça Quinze. Fica todo mundo se pegando nos bancos. Fui à casa de swing porque estava fazendo uma pesquisa. Porque eu sou uma pesquisadora. Sou uma pessoa séria. Eu estava lá na casa para estudar e não para fazer suruba. Posso garantir: no estabelecimento de swing, era outra coisa. Era tudo muito organizado. Muito limpo. Muito educado. Os casais ficavam em nichos separados. Tinha que pedir licença para penetrar. Era um lugar de respeito. Não era aquela baderna lá da casa, onde não tinha regras, onde ninguém pedia permissão para nada, onde todo mundo era de todo mundo e, se você não queria ser de ninguém, era chamado de moralista. Pois, naquela mesma noite da suruba na cozinha, bateram, de madrugada, no meu quarto. Quando abro a porta, dou de cara com três homens seminus abraçados à Lana.

LINA
Lana.

LENA
A Lana.

LINA
A Lana.

LENA
Sempre a Lana.

LINA
Sempre a Lana.

LENA
Os caras seminus não eram os mesmos que estavam na cozinha, na suruba. Eram outros. Eram os guris do churrasco. Os guris que tinham cavado um buraco do lado de fora da casa, feito um fogo de chão e assado umas carnes. A parede da casa ficou toda queimada. A parede da casa que é tombada. A casa é patrimônio histórico! E agora tinha um buraco do lado de fora e a parede completamente preta, das chamas. Eles quase incendiaram a casa! Era uma gente muito sem noção... Pois aqueles rapazes estavam seminus, na porta do meu quarto, ao lado da Lana. Eles nem deram tempo para que eu falasse qualquer coisa. Já foram entrando. Se deitaram na *minha* cama. Um dos rapazes se encostou no *meu* travesseiro. Encostou o peito brilhoso de suor no *meu* travesseiro. A Lana se deitou no colo dele. Ela ainda estava com aquele vestidinho vermelho, mas de pés descalços. O outro se deitou no colo dela, com a cabeça bem no meio das pernas dela. E o terceiro ficou sentado no chão, lambendo o dedão de unha vermelha da Lana. Eu fiquei de pé. Tive que puxar a cadeira da escrivaninha para sentar no *meu próprio* quarto. Eles estavam caindo de bêbados. Os rapazes ficaram o tempo inteiro de bico calado. Só a Lana falava. Falava arrastado, sem conseguir pronunciar direito as palavras. Enquanto ela falava, ficava passando a mão no pau do rapaz em que estava encostada e enfiando os dedos na boca do outro que estava com a cabeça em seu colo. Ela me disse:

LINA

(*Imitando a voz da Lana e falando com a língua um pouco enrolada, como se tivesse bebido além da conta*) Já abortei, Lena. Não é bom. Meu útero saiu todo para fora. Não sei como. Só sei que não tenho mais útero. A clínica ficou com meu útero. Não era uma clínica boa. Sabe essas placas de anúncios, escritas à mão, que a gente vê nas ruas, em postes de iluminação, grades de praças, árvores, essas placas que dizem "consertam-se gaitas"? Pois é, não têm nada a ver com gaitas. São na verdade anúncios de clínicas de aborto. Foi para um desses números que eu liguei. Achei que podia confiar. Agora, por culpa das gaitas, eu não tenho mais útero. Sou uma mulher sem útero, Lena. Pode uma mulher ainda ser mulher sem útero? (*Pausa mais longa. Agora, já sem imitar a voz da Lana*) Um dia, a Lana chamou todo mundo para a sala principal porque queria apresentar uma performance em homenagem a uma amiga muito querida, uma amiga trans, que ela tinha ficado sabendo, por telefone, naquela mesma manhã, que havia se suicidado no Brasil. Todos foram, é claro. Eu e a Lena fomos as primeiras a chegar. Queríamos muito abraçar a Lana, consolar a Lana, tomar para nós um pouco da dor imensa que ela devia estar sentindo. Ainda mais porque ela não poderia se despedir da amiga: seria impossível cruzar o Atlântico e chegar a tempo para o enterro. Quando estávamos todos lá, ela pediu que nos sentássemos no chão, em roda, de costas para o centro. E assim nós fizemos. Ela então nos amarrou com fita adesiva. Éramos umas vinte pessoas amarradas. Ela ligou o som e começou a dançar, rebolando as ancas de uma maneira que só ela sabia fazer. Sem parar de dançar, ela começou a tirar a roupa. Primeiro, foi a blusa branca transparente que ela jogou longe. Depois, a saia vermelha. Sempre rebolando, tirou até as sandálias de salto alto. Pegou a máquina de cortar cabelo de um dos guris do churrasco e raspou suas deslumbrantes melenas ruivas a zero. Colocou álcool no próprio corpo e se dirigiu à escrivaninha que ficava embaixo da janela, onde ela havia depositado um castiçal com uma vela comprida e uma caixa de fósforos. Ela riscou o fósforo na cadeira de madeira e foi acender a vela quando o fogo pegou, sem querer, na ponta da cortina da janela. Na cortina de palhinha. A cortina imediatamente pegou fogo. E nós continuávamos amarrados e ela embebida em álcool. Todos começamos a nos debater, tentando nos desvencilhar da fita, mas não conseguimos. O fogo na janela só aumentava. A Lana correu porta afora completamente nua e berrando. E nós amarrados. Desesperados. Vi gente rezando ave-maria e gente evocando o pai-nosso. Vi ateu rezando! A Lana...

LENA
A Lana.

LINA
A Lana.

LENA
Sempre a Lana.

LINA
Sempre a Lana... A Lana queria fazer uma performance de risco. Ela era fundamentalista: risco é risco, não se concede. Por isso, não havia avisado a brigada de incêndio. Por sorte, o segurança da cidade universitária chegou antes que o fogo se alastrasse pela sala e nos desamarrou. Teve gente que vomitou e gente que foi parar no hospital. Mas ninguém se queimou. Nem a Lana, que, naquele dia, pela primeira e talvez última vez, desapareceu. Completamente nua. Voltou a casa só no dia seguinte, com um pano cobrindo o corpo nu, um pano que talvez um dia tivesse sido um lençol. Foi até meu quarto, sentou-se na cama, pegou na minha mão e disse:

LENA
(*Imitando a voz da Lana*) Às vezes, Lina, penso que queria ter nascido mulher.

Pausa curta.

LINA
A janela da sala incendiada dava para onde os guris fizeram a fogueira. Agora, também a parede interna estava carbonizada. A parede da casa que é tombada. A casa que é patrimônio histórico. E agora tinha um buraco do lado de fora e a parede interna estava tão preta quanto a parede externa, as duas paredes completamente negras, das chamas.

Pausa longa.

LENA
Depois de viver um tempo lá, fiquei bem fora da casinha. Sonhava com as surubas que aconteciam na casa. Juro. Nunca me esqueci e nunca vou esquecer o que vi e ouvi. Sei de cor essas histórias todas. (*Fechando os olhos*) Se fecho os olhos, vejo tudo acontecer de novo. Tudo. Nos mínimos detalhes. (*Abrindo os olhos depois de uma curta pausa*) A meta da Lana era transar com todos os homens da casa. No dia da despedida dela, não apareceu ninguém. Só eu e a Lina.

Pausa curta.

LINA
Depois de viver um tempo lá, fiquei fascinada. Sonhava com as festas que aconteciam na casa. Juro. Nunca me esqueci e nunca vou esquecer o que vi e ouvi. Sei de cor essas histórias todas. (*Fechando os olhos*) Se fecho os olhos, vejo tudo acontecer

de novo. Tudo. Nos mínimos detalhes. (*Abrindo os olhos depois de uma curta pausa*) A meta da Lana era transar com todos os homens da casa. No dia da despedida dela, não apareceu ninguém. Só eu e a Lena.

Quando Lina termina de falar, levanta-se de sua cadeira, caminha até onde está Lena e lhe estende a mão. O facho de luz, que iluminava Lina, desloca-se com ela, acompanhando-a.

LINA
Vamos embora, Lena. O tempo passou e só sobramos nós duas aqui.

Lena pega na mão de Lina e se ergue. As duas saem de mãos dadas. Os dois fachos de luz se voltam para a plateia e vão se apagando em resistência.

… III
*Adagio molto semplice
e cantabile*

A piscina

COMPLETAS

UMA VOZ, 1
Olha aquela ali. Aquela ali de saia comprida, a mais comprida e mais rodada de todas. Isso, a morena de cabelo longo, com uma taça de vinho na mão. Ela se chama Pilar. (*Breve pausa*) Fica olhando. Não perde de vista. Já imaginou ela trepando? (*Pausa*) Continua olhando senão ela vai achar estranho. Desde o acidente, ela não anda bem. Desconfia de tudo. Dizem que estava no carro quando a mãe atropelou a mulher. Foi uma coisa horrível. A mulher morreu na hora. Era uma conhecida da família. Deixou uma menina. Uma menina que a mãe dessa aí, essa aí de saia comprida, passou a cuidar. (*Pausa*) Não tira os olhos dela. Isso, fica olhando. Imagina ela sem roupa. (*Pausa*) Ou melhor. Imagina ela tirando a roupa. Toda a roupa. Ela desabotoando a saia e deixando-a cair no chão. Ela passando por cima da saia e começando a baixar o maiô azul brilhante, esse maiô aí meio anos setenta. Ela rebolando enquanto faz isso. Imagina os quadris dela mexendo suavemente para um lado e para o outro. (*Pausa*) Imagina agora que ela está nua. Completamente sem roupa, mas com sandálias altas de salto grosso. (*Pausa*) Como serão os seios dela? Pequenos? Grandes? E os mamilos? Serão rosados ou marrons? (*Pausa*) Ei, não desvia o olhar. Continua olhando. Não se envergonha. (*Pausa*) Agora anda devagar em direção a ela. Vai. Anda. Chega mais perto.

Coragem, criatura! Só não deixa de olhar. Sem medo. Ela não se importa. Vê só como ela mexe as mãos, como ela segura a taça, como ela rebola o quadril... É jeito de quem gosta de ser olhada. Desde o acidente, ela anda querendo chamar a atenção. Quer carinho. Quer amor. Quer um pau bem quente na boceta numa noite estrelada como esta. (*Breve pausa*) Está vendo essas outras pessoas? Estão todas envolvidas no acidente. Cuida com elas. Não dá moleza. (*Pausa*) Chega mais perto dela. Vai, mais perto. Mais, criatura! (*Pausa*) Ela cheira bem? (*Pausa*) Ela cheira a sexo? (*Pausa*) Será que ela diz "sexo"? Ela diz "fazer sexo"? Ou ela diz "fazer amor"? (*Breve pausa*) Ela deve dizer "sexo". E "caralho". "Vai, mete teu caralho gostoso", ela deve dizer, imitando atriz de filme pornô, que ela deve gostar de assistir. (*Pausa*) Ela definitivamente não faz amor. Nem sexo. Ela trepa. Ela fode. Ela acha que só a mãe dela faz amor. Se é que ainda faz. Mas a mãe dela é outra história. Ficou destruída depois do acidente. (*Pausa*) Olha para ela. Tenta encarar. Sim, é preciso que você chegue ainda mais perto. Encosta nela. Vai, encosta. Do que você tem tanto medo? Ela não vai bater em você. Dá uma esbarrada nela, assim como quem não quer nada. (*Pausa*) Será que a pele dela é macia? Toca nela. Passa o dedo pelo braço dela. (*Pausa*) Será que ela grita quando goza? Ou será que ela geme baixinho? (*Pausa*) Está vendo aquele rapaz ali? Aquele ali de copo na mão. É, esse mesmo. Só não encara. Olha para ele de relance. Isso, só com o canto do olho. Agora, se afasta. Dá uns cinco passos para trás, discretamente, e vê se consegue olhar os dois ao mesmo tempo. (*Pausa*) Conseguiu? Imagina então eles trepando. (*Pausa*) Os dois estão deitados no chão; ele em cima dela, com a bunda subindo e descendo. (*Risinhos*) Será que a bunda dele é branca? Será que tem pelos? (*Pausa*) Será que o pau dele é grande? (*Risinhos*) Será que eles vão querer ter filhos? (*Pausa*) Será que a mãe dela sabe que ela trepa com aquele rapaz? (*Pausa um pouco mais longa*) Ou será que ela é virgem? Será que ainda existem virgens? (*Pausa*) Chega! Está vendo aquela porta? Caminha até lá e entra. Escolhe um lugar para sentar e senta. Agora, espera. Espera e vê o que acontece. (*Pausa*) E presta atenção: não comenta com ninguém que lhe falei do acidente. Aqui, isso é assunto proibido.

UMA VOZ, 2
Está vendo aquela ruiva ali? Aquela mais velha, de maiô e canga colorida, com uma esteira de palha na mão. (*Pausa*) Viu? Ela se chama Consuelo. (*Breve pausa*) Olha para ela de vez em quando. Só de vez em quando e não encara. Jamais encare ela, porque desde o acidente ela anda meio atormentada. Dizem que estava dirigindo o carro e não viu quando a mulher cruzou à sua frente. Foi uma coisa horrível. A mulher morreu na hora. Era uma conhecida da família. Deixou uma menina. Uma menina que essa aí, essa ruiva, passou a cuidar. A pequena órfã... (*Pausa*) Agora, olha disfarçadamente para ela. Isso, de lado, como se estivesse vendo a paisagem. Coloca os óculos escuros para disfarçar. Sim, é noite, mas e daí? O importante é que ela não perceba. Ela não pode desconfiar que você está olhando para ela. É perigoso. (*Pausa*) Caminha até mais perto dela. Vai. Mais um pouco. Mas não chega muito perto. Não chega muito perto porque ela ficou descontrolada depois do acidente. Não parece, não é? Ela tem essa cara séria, sóbria, de mãe de família. Parece uma pessoa cordata, de boa índole. Mas não é. Vai por mim que ela não é. Quando se sente contrariada, começa a gritar e a voz fica grossa, cavernosa. Voz de travesti quando briga na rua depois de ter a peruca roubada por algum filho da puta. (*Pausa*) Dá medo. (*Pausa*) Vendo ela assim, passando creme nas pernas como se o mundo não existisse, ninguém diria que ela é atormentada. Mas o que um acidente não faz com uma pessoa, não é? Se não fossem os remédios, ela seria capaz de morder. Ah! Com certeza, ela morderia feito um

cachorro louco. (*Pausa*) Está vendo essas outras pessoas? Estão todas envolvidas no acidente. Cuida com elas. São perigosas. (*Pausa*) Mas agora olha a ruiva. Ela não para de passar creme nas pernas. Quanto creme ela já botou? Um quinto do tubo? Um terço do tubo? Meio tubo? A perna chega a estar branca, como se tivesse sido rebocada. Essa quantidade absurda de creme não vai ser absorvida pela pele. Claro que não vai. É evidente que não. Por que ela continua a passar creme? (*Pausa*) Já me falaram que ela escuta coisas. Escuta vozes. Vê gente morta. E ver não é nada. O pior é que ela fala com gente morta. É o que todos dizem por aí. Desde o acidente, ela está assim. Conversa com fantasma sem saber que é fantasma. Acha que está falando com gente viva. Mas eu não acredito. Para mim, é mágoa. (*Pausa*) O problema, na verdade, é que ela não sabe respirar. Se ela respirasse fundo quando ficasse nervosa, talvez não surtasse. A pessoa precisa saber se conter. Civilização é isto: saber se conter. (*Pausa*) O que não quer dizer que a pessoa deva engolir todos os sapos. Não é nada disso. Mas deve saber se conter. Eu sei me conter. Você sabe se conter? (*Pausa*) Respira fundo. Vai, respira. Assim ela pode querer imitar e ficar mais calma. Vê se ela está respirando. Mas olha de lado. Não esquece. Ela não suportaria que a encarassem. (*Pausa*) Aspira o ar bem fundo e vai soltando devagarzinho. (*Respira fundo e solta o ar*) Isso. Inspira e expira. Inspira e expira. Mais uma vez: inspira e expira. Devagar. (*Breve pausa*) Olha, está funcionando. Ela parece mais tranquila. Experimenta então pedir o creme emprestado para ela. (*Pausa*) Só não chega muito perto. Não esquece que ela surta. Pede de longe. Para a dois passos dela e pede o creme emprestado. Mas fala alto senão ela não vai ouvir. Diz para ela: "Ei, senhora, me empresta o creme?". (*Pausa*) Ela não ouviu? Então, grita. Mas sem perder a educação. Grita assim: "A senhora poderia me emprestar o creme, por favor?". (*Pausa*) Ela ouviu? Ah, que bom... Que mão áspera ela tem. Não deixa ela tocar você com aquelas mãos ásperas. Se ela chegar perto, foge. Pensando bem, é melhor correr. Corre. Corre até aquela porta ali e entra. Escolhe um lugar para sentar e senta. Agora, espera. Espera e vê o que acontece. (*Pausa*) Ah! Presta atenção: não comenta com ninguém que lhe falei do acidente. Aqui, isso é assunto proibido.

UMA VOZ, 3
Está vendo aquela lá de lenço na cabeça? Aquela de tomara que caia e saia preta? (*Um pouco sem paciência*) Aquela com o espelho na mão. Viu? Ela se chama Milagros. (*Breve pausa*) Não perde ela de vista. (*Pausa*) Ela precisa de cuidado. Ainda não se recuperou totalmente do acidente. Estava no banco do passageiro quando o carro bateu na mulher. É. Foi horrível. A mulher morreu na hora. Era conhecida de todos. Deixou uma menina, que foi adotada pela família. (*Pausa*) Tem gente que diz que o acidente foi culpa dessa aí, essa aí que fica se olhando no espelho. (*Baixando a voz*) Ela teria tirado a atenção da motorista bem na hora que a mulher cruzou a estrada. (*Pausa um pouco mais longa*) Mas o que ela está fazendo? Por que ela está se olhando no espelho? Meu Deus, ela tem espinhas! Será? Cravos no nariz? Não. Ela não tem mais idade para espinhas. (*Pausa*) Chega mais perto para ver. Vai, chega. Não tenha medo. Ela não morde. Se aproxima dela e tenta encará-la. Faz assim: chega por trás e olha ela através do espelho. Olha bem nos olhos dela. Deixa ela ver que você está olhando. (*Pausa*) Ela deve se achar bonita para ficar dançando desse jeito na frente do espelho. Olha como ela rebola. Como ela mexe o quadril. Dá vontade de beliscar, não dá? (*Pausa*) Mas é melhor não. Não belisca porque vai dar merda. Não seria conveniente provocar uma mulher que se olha no espelho. (*Pausa*) Será que ela procura espíritos no espelho? Ouvi dizer que ela morre de medo de fantasmas, embora nunca tenha visto um. (*Pausa*) Finge que é um fantasma

e deixa sua mão roçar de leve a bunda dela. Mas não belisca. Só roça a mão. (*Pausa*) Se ela não falar nada, você pode até ir mais fundo. Quem sabe vocês não vão para um motel? Se ela não deixar... Bom, aí você pode levar um tapa. Ela tem jeito de quem bate. E de quem gosta de apanhar. Ela deve dizer: "Enfia a mão na minha cara, seu corno, enfia". (*Pausa*) Continua encarando ela pelo espelho. Deixa ela constrangida. Se é que ela vai ficar constrangida. Duvido. Essa aí não tem vergonha na cara. Nenhuma. Aquela carinha de anjo é puro cinismo. (*Pausa*) Hipócrita. (*Pausa*) Ela se faz de mocinha, mas não é. É cobra criada, isso sim. Ficou assim desde o acidente. Virou duas caras. Acontece. As pessoas mudam depois de uma experiência traumática. Está vendo esses outros aí? Estão todos envolvidos no acidente. Cuida com eles. São pouco confiáveis. (*Pausa um pouco mais longa*) Mas olha bem para ela. Se ela encarar você de volta, não desvia o olhar. Sustenta. (*Pausa*) Imagina você lambendo as pernas dela. Você se abaixando aos pés dela e aproximando a língua do dedão dela. Imagina. Você lambendo o dedão esquerdo. Subindo pelo peito do pé, o tornozelo... Bem devagar. Lambendo a panturrilha, o joelho, a curvinha atrás do joelho... (*Suspirando*) A coxa... Imagina você de joelhos no chão abraçando a coxa dela em devoção, como se abraçasse uma imagem da Virgem. (*Pausa*) Ela está com cara de quem não trepa há tempos. Faz esse favor a ela então. Lambe bem e deixa ela excitada. Vai lá, lambe. Lambe, criatura. Não tenha medo. Lambe que ela vai gostar. Talvez ela finja que não, mas, no fundo, vai ficar excitada. Faz tempo que ela não se excita. Ela está precisando gozar. Vai, faz ela gozar. Não vai fazer? Por quê? Está com medo dessas pessoas todas aqui em volta? Ou está com medo daqueles outros, daqueles que estão envolvidos no acidente? Deixa de ter medo, criatura! Que coisa mais *déclassé* ter medo. Quer ser chamado de bunda-mole? Não é medo? É o quê, então? Vergonha? Alguém ainda sente vergonha nestes tempos? Que coisa mais antiga! (*Pausa um pouco mais longa*) Não vai lambê-la? É isso? Tudo bem. Você é quem sabe. (*Pausa*) Está vendo aquela porta? Caminha em direção a ela. Entra pela porta, escolhe um lugar para sentar e senta. Agora, espera. Espera para ver o que vai acontecer. (*Pausa*) Ah! Presta atenção: não comenta com ninguém que lhe falei do acidente. Aqui, isso é assunto proibido.

UMA VOZ, 4
O que aquela ali está fazendo? Aquela pequenininha, de cabelo curtinho. A de saia curta. Viu? Ela se chama Lucía. Não se aproxima muito dela. Ela desconfia de estranhos. Não gosta de falar com gente que não conhece. Também, pudera, ela não tem mãe. (*Baixinho, como se contasse um segredo*) A mãe dela morreu num acidente. Foi atropelada. Isso mesmo. Atropelada. E ela ficou sem ninguém. Sem ninguém, pobre coitada. Acabou adotada. Adotada sabe por quem? (*Falando novamente baixinho*) Pela mulher que matou a mãe. (*Pausa*) Essa gente toda está envolvida no acidente. Cuida com eles. Eles são estranhos. E cuida dela. (*Pausa*) Vai ver o que ela está fazendo. O que ela está levando na mão? Corre lá para ver. Vai, corre. O que é? Um borrifador? O que ela está fazendo com um borrifador? Está borrifando o quê? Tomara que não seja ácido. Já imaginou se ela estiver jogando ácido nas pessoas? Não deixa ela acertar você. (*Pausa*) E, se for ácido, a gente chama quem? A polícia? O psiquiatra? O exorcista? (*Pausa*) Cadê o contrarregra? Não tem contrarregra aqui? Que espelunca! (*Pausa um pouco mais longa*) Cheira bem? (*Pausa*) Não, sua anta. Não ela. O líquido que ela está espirrando, cheira bem? (*Pausa*) Chega mais perto para sentir. Vai, anda. Chega mais perto. Só cuida para não cair em você. Vai que seja ácido. (*Pausa*) Será que mancha? Só faltava essa: sair daqui com a roupa manchada. Será que você vai ter de ir ao Procon pedir seu dinheiro de volta? Cadê a diretora? E o contrarregra? Apareceu o contrarregra? (*Pausa*) E se for algo alucinógeno? E se todos

começarem a ficar loucos? Alegres e soltos. E se perderem a vergonha ancestral que carregam, a vergonha do mundo, e começarem a tirar a roupa? Você vai tirar a roupa também? Acho que vai. Você tem pinta de que vai. (*Breve pausa*) Imagina todos nus. Todos nus à sua volta. Nus como vieram ao mundo. Completamente peladinhos. (*Risinhos*) Seria engraçado. Imagina se as pessoas começassem a se tocar, a se esfregar, a se beijar, a meter a mão... Será que viraria suruba? Um monte de pau e boceta à mostra. Grande chance de virar suruba. Seria uma delícia, não seria? Você não acha? Imagina a cena: todo mundo nu, uns trepando com os outros, uns por cima dos outros, uns lambendo os outros, e ela borrifando em cima de todos. Borrifando alucinógeno, e todos ficando mais e mais descontrolados, mais e mais livres. Seria legal, não seria? (*Pausa*) Você tem razão: talvez seja melhor não pensar nisso. (*Pausa um pouco mais longa*) Vai até ela. Anda. Já disse para chegar mais perto. Chega por trás e bate no ombro dela. Pergunta para ela o que ela está borrifando. Pergunta assim: "Ei, menina, o que você está borrifando?". Talvez seja perfume. Ou inseticida. Aqui deve ter bastante mosquito. Em volta da piscina, tem sempre muito mosquito. Ainda mais com este calor. (*Pausa*) E daí? Perguntou? O que ela disse? Ela não respondeu? Ela tem dessas coisas. Não liga. Ela perdeu a mãe. (*Pausa*) Mas bate no ombro dela de novo e diz assim, com voz doce: "Ei, menina, não precisa ter medo de mim, só quero saber o que você está borrifando". (*Pausa*) Não, não. Você não está sendo doce o suficiente. Mais doce. Assim, ó: "Ei, menina, não me olha desse jeito, eu não vou lhe fazer mal, só quero saber o que você está borrifando". Quando você falar, olha ela nos olhos. Mas não deixa ela jogar o líquido em você. Se ela virar o borrifador para você, segura ela. Não dá tempo de ela reagir. Atira ela no chão e senta em cima. Imobiliza ela. E chama a polícia. Ou o psiquiatra. Vai que seja ácido. Ou alucinógeno e, ao aspirá-lo, você sinta subitamente uma vontade incontrolável de ficar nu. Você não vai querer se pelar, vai? Vai? Você está louco para tirar a roupa, não é? Conheço seu tipo. (*Pausa*) Cuidado! Ela está vindo em sua direção. Corre. Está vendo aquela porta? Corre até lá e entra. Escolhe um lugar para sentar e senta. Agora, espera. Espera para ver o que vai acontecer. (*Pausa*) Ah! Presta atenção: não comenta com ninguém que lhe falei do acidente. Aqui, isso é assunto proibido.

UMA VOZ, 5
Olha só aquele lá. Aquele de copo e garrafa na mão. Está vendo? O único homem no meio das mulheres. Viu? Ele se chama Paco. (*Breve pausa*) Ele agora deu para beber. Tudo por conta do acidente. Ele não estava no carro quando a mulher foi atropelada. Ele estava com a filha dela, com a filha da mulher atropelada. Quando a menina recebeu a notícia, ela deu um berro. Um único berro e nada mais. Depois, ficou muda. Nunca chorou a morte da mãe. Ele ficou impressionado com isso. Sonhou durante dias com a reação da menina. (*Pausa*) A menina acabou adotada pela família, pela família dele, a família que tinha matado a mãe dela. Vai por mim, estão todos envolvidos nesse acidente. (*Pausa*) Agora, como vinha dizendo, ele deu para beber. Será que virou alcoólatra? (*Pausa*) O que ele está bebendo? Vinho? Uísque? Conhaque? Vai lá ver. Daqui, só dá para ver que o líquido é escuro. Não deve ser cachaça. Ele não gosta de pinga. Quando quer ofender alguém, chama de "cachaceiro". Acha que pinga é coisa de pobre. Ele e a família dele têm essa de se acharem chiques. Chiques e ricos. Se dizem classe média alta, o que, cá entre nós, está longe de ser rico. Gostam de se imaginar com muito mais dinheiro do que eles realmente têm. (*Breve pausa*) Chega mais perto dele para ver. Parece vinho tinto. Aproveita e espia se os dentes dele estão manchados. Se estiverem, é porque ele está bebendo feito um cachorro sedento, sem parar e há muito tempo. Já vi gente chamando ele de "esponja". (*Breve*

pausa) Vamos fazer o seguinte: você vai até lá e pede um pouco de vinho. Você para na frente dele, olha bem nos olhos dele e diz: "Pode me dar um golinho, moço?". Aí, quando ele responder, você olha os dentes dele. Se estiverem manchados, é porque ele está bebendo há muito tempo. Não há dúvida. (*Pausa*) Então, estão manchados? (*Pausa*) E o vinho é bom? Ou é desses de garrafão? A mãe dele não o deixaria beber vinho de garrafão. Mas quem disse que a mãe dele sabe que ele está bebendo? Vinho de garrafão também mancha os dentes. (*Pausa*) Você não quis provar? Por quê? Tem medo que seja vinho de garrafão? Não quer ficar com dor de cabeça? Entendo. Também não beberia. Ele tem cara de quem baba no vinho enquanto bebe. Baba como um bebê. Fica o vinho cheio de cuspe. (*Pausa*) Por que ele anda assim para lá e para cá? O que há com ele? Será que está procurando alguém? Esperando alguém? (*Pausa*) Ou será que está bêbado? (*Pausa um pouco mais longa*) Será que ele traça todas? Ou só aquela moreninha ali? Aquela de saia comprida com quem ele dança de vez em quando. Essa aí mesmo. Está vendo? (*Pausa*) Ou será que ele não é chegado? (*Pausa*) Pergunta para ele. Pergunta se ele gosta de mulher. Caminha até ele. Vai. Caminha. Ele não vai fazer nada para você. Chega perto dele e pergunta no ouvido dele se ele gosta de mulher. Aproveita e cheira o cangote dele. Ele adora que cheirem o cangote dele. Ainda mais depois do acidente. Ele ficou fragilizado. Quer ser abraçado, beijado. Quer ficar no colo. Chega perto dele e tenta abraçar. Vai. Tenta. Não custa nada. O máximo que pode acontecer é ele dar um safanão em você. Mas acho que ele não vai fazer isso. Seria muita grosseria. (*Pausa*) Vai, abraça ele. O que você está esperando? Ele pode gostar. Chega mais perto. Faz um carinho na cabeça dele. (*Pausa*) Ele está tão magrinho. Olha o braço dele como está fininho. Precisa comer mais. Você tem alguma coisa aí? Um resto de sanduíche, um chocolate, pode ser até uma barrinha de cereal. Tem? Então oferece para ele. Deixa de ser sovina e oferece para o rapaz! Não vê que o pobre está fraquinho? Deve estar faminto. (*Pausa*) Não vai oferecer? Então sai daqui. Vai, rua! Está vendo aquela porta? Caminha até lá e entra. Escolhe um lugar para sentar e senta. Agora, espera. Espera para ver o que vai acontecer. (*Pausa*) Ah! Presta atenção: não comenta com ninguém que falei do acidente. Aqui, isso é assunto proibido.

LAUDES

Consuelo, Milagros e Pilar caminham em direção à piscina, carregando, cada uma delas, uma cadeira de praia de alumínio com encosto e assento de tecido de poliéster colorido e listrado. Como se estivessem seguindo uma coreografia, as três abrem ao mesmo tempo as cadeiras à beira da piscina, dispondo-as lado a lado com uma distância de um passo largo entre elas. Dão uma volta completa em torno da cadeira e se sentam com a perna esquerda dobrada, a direita estendida e os ombros apoiados no alto do encosto, deixando a cabeça cair para trás, como se quisessem alongar os músculos do pescoço. As três usam óculos escuros grandes e fora de moda e vestem maiôs, respectivamente, vermelho, verde e azul. Permanecem nesta posição algo incômoda por não mais que cinco minutos, que parecem uma eternidade. Consuelo, a mais velha das três, é a primeira a esticar a perna esquerda e deslizar o corpo para o chão com os dois braços para o alto. Quando ela cai de bunda no assoalho de pedra, Milagros estica a perna esquerda e também desliza para o chão. Consuelo se vira de bruços e abraça as pernas dianteiras da cadeira. Milagros começa a imitá-la quando Pilar também estica a perna esquerda e se deixa resvalar para o solo. Em seguida, a exemplo das companheiras, se põe de bruços e abraça as pernas dianteiras da cadeira. As três, novamente em sincronia, ainda de bruços, passam a arrastar as cadeiras pelo chão em movimentos que lembram os de uma cobra a se deslocar. Levam as cadeiras até o lado de onde vieram. Ali, cada uma passa a se relacionar de maneira diferente com sua cadeira: ora se deitam sobre ela, ora se deitam sob ela, ora se sentam no chão com os braços apoiados no assento e as pernas esticadas para a frente, ora viram a cadeira de ponta-cabeça e se encolhem em posição fetal embaixo dela, ora transformam o encosto em assento e se deitam recostadas nele etc. Esses movimentos, espontâneos e breves, são levados ao extremo, como se cada uma delas quisesse testar os limites do que é possível fazer com uma cadeira de praia dobrável. Depois de alguns minutos envolvidas nessa estranha dança, elas se erguem e colocam as cadeiras na posição em que estavam no início e sentam-se sobre elas. Mais uma vez, é Consuelo quem inicia o novo movimento. Sem se levantar, vai empurrando, com os pés, a cadeira para trás. Menos de meio minuto depois, Milagros se põe também a empurrar a cadeira para trás desse mesmo modo. Pilar é a última a fazê-lo. As três seguem empurrando suas cadeiras com os pés, sem sair de cima delas. Às vezes, Pilar acelera e ultrapassa as duas outras. Em outros momentos, é Milagros que se antecipa, enquanto Consuelo não muda o ritmo. Quando as três chegam à porta de entrada da casa de veraneio, levantam-se ao mesmo tempo, dobram as cadeiras e saem.

HORA TERÇA

Paco e Lucía estão na grande sala da casa de veraneio da família. Ele traz nas mãos uma caixa cheia de objetos, os menores e mais díspares: isqueiro, chiclete mascado, saquinhos de açúcar, copo de uísque, os brincos de crochê de Consuelo, dois absorventes diários de Milagros, os esmaltes vermelho e azul de Pilar, a antiga boneca de pano de Lucía, cola de bastão, caixinha de giz de cera, calculadora, carranca pequena de madeira, caixinha colorida de papel, estojo de lentes de contato, pinça de sobrancelhas, colar com um pingente de coração, duas tiras metálicas de analgésico, três porta-copos e uma moedeira de metal. Atravessa a sala várias vezes, levando, a cada ida para o lado oposto do ambiente, um dos objetos da caixa, os quais deposita um atrás do outro, em fila. Lucía caminha de olhos fechados, brincando de se deslocar sem ver por onde anda, com os dois braços esticados para a frente para evitar colisões. Milagros entra na sala pela esquerda, larga a cadeira de praia ao lado da porta e, ao perceber Lucía se deslocando às cegas, passa imediatamente a brincar de criar obstáculos ao seu deslocamento, parando na frente dela ou colocando pequenos móveis — o pufe tigrado, a mesinha de centro, a luminária de metal — em seu caminho. Consuelo entra em seguida, também pela esquerda, e se deita de bruços no tapete. Pilar chega correndo e se joga em cima de Consuelo. Milagros, vendo Pilar junto a Consuelo, corre em sua direção e também se atira sobre a mais velha. Pilar e Milagros disputam o melhor lugar em cima de Consuelo.

PILAR
(*Para Milagros*) Sai daqui! Eu fico com a bunda.

MILAGROS
Por que você fica com a bunda?

PILAR
Porque eu cheguei antes.

MILAGROS
Chegou antes nada. *Eu* cheguei antes.

PILAR
Cheguei antes, sim. Eu vim correndo.

MILAGROS
Mentira, eu já estava aqui antes.

PILAR
Estava nada. Para de incomodar e sai daqui. Eu fico com a bunda e está decidido. Se deita ali, ó, nas costas.

MILAGROS
Nas costas, eu não quero.

PILAR
Então deita nas pernas.

Enquanto Pilar e Milagros discutem, Lucía, ainda de olhos fechados, esbarra em Consuelo. Ao esbarrar, sem abrir os olhos, ela se joga no chão em cima das outras, que reclamam com ai-ais. Consuelo apenas suspira, como se já estivesse acostumada com esse tipo de comportamento das meninas.

PILAR
(*Para Lucía*) Quem te convidou para deitar aqui? Hein, responde, quem te convidou?

Lucía, ainda de olhos fechados, não responde. Apenas ri, mas de boca fechada, segurando o riso.

PILAR
(*Para Lucía*) Olha para mim. Quem te convidou para deitar aqui? Hein? Abre os olhos! Você sabe que eu odeio essa brincadeira. Me irrita. Abre os olhos!

MILAGROS
(*Para Pilar*) Para de ser mandona, Pilar! Deixa a Lucía em paz. (*Voltando-se para Lucía*) Abre os olhos, Lucía. Vai, abre. Por favor.

Lucía permanece de olhos fechados, comprimindo cada vez mais a boca a fim de não cair na gargalhada.

PILAR
(*Para Milagros*) Ela não vai abrir. É teimosa.

MILAGROS
(*Para Lucía, sacudindo-a levemente pelos ombros*) Abre os olhos, Lucía. Vai, abre.

Lucía continua de olhos fechados.

MILAGROS
(*Para Lucía*) De olhos fechados, você não vê o mundo. Não quer ver o mundo?

Lucía finalmente os abre e sorri para Milagros.

MILAGROS
(*Para Lucía*) O que você tem na boca?

Lucía não responde, pressionando bem os lábios para mantê-los fechados.

PILAR
(*Para Lucía*) Abre a boca, diabo!

MILAGROS
(*Para Pilar*) Deixa de ser grossa, Pilar! (*Para Lucía*) O que você tem aí na boca? Me mostra.

PILAR
(*Para Milagros*) Ela não vai mostrar.

MILAGROS
(*Para Pilar*) Para de implicar com a menina, Pilar! (*Para Lucía*) Deixe eu ver, vai. É chiclete? É bala? Se for bala, eu também quero uma. Me dá uma?

Lucía sorri, mas não abre a boca. Milagros começa a fazer cócegas em Lucía.

MILAGROS
Deixa eu ver o que você tem escondido aí.

Lucía começa a gargalhar. Quando ela abre a boca, Pilar segura a boca dela aberta com as duas mãos e olha para dentro.

PILAR
(*Olhando com atenção dentro da boca de Lucía*) Ela não tem nada na boca. Nada. Era só onda.

Lucía sorri para Pilar.

LUCÍA
(*Para Pilar*) Deixa eu ouvir o que você está pensando?

Antes mesmo que Pilar responda, Lucía encosta seu ouvido no ouvido da outra e fica escutando, concentrada.

MILAGROS
(*Para Lucía*) E daí? Alguma coisa interessante?

LUCÍA
(*Para Milagros, sem desencostar sua cabeça da de Pilar*) Pssiuu! Se você fala, não consigo ouvir.

Lucía e Milagros se calam. Lucía e Pilar parecem mesmo querer ouvir uma o pensamento da outra. Milagros se aproxima e encosta seu ouvido no de Lucía e as três ficam com as cabeças juntas, em silêncio. Consuelo se levanta e sai, sentando-se do outro lado da sala, onde Paco enfileirou boa parte dos objetos da caixa.

MILAGROS
(*Para Pilar e Lucía, apontando para Consuelo*) Vocês viram só? Acho que ela ficou com medo que a gente ouvisse o que ela estava pensando.

Milagros, Pilar e Lucía vão ao encontro de Consuelo, apostando corrida, e acabam se jogando no chão a seu lado. Consuelo as olha e suspira. Depois, cai como se tivesse morrido.

LUCÍA
(*Assustada*) Ela morreu? Morreu de verdade?

MILAGROS
(*Irônica*) Morreu. Morreu sim. Olha só como morreu.

Milagros começa a fazer cócegas em Consuelo. Pilar a imita. Consuelo tenta segurar o riso.

PILAR
(*Irônica*) É, morreu. Olha só como ela está morta, coitada. Bem mortinha.

Consuelo não aguenta mais fingir e, levantando-se de súbito, dá um susto nas meninas, que gritam, em uníssono, em resposta. Em seguida, todas riem, divertidas.

LUCÍA
Vamos ver quem consegue ficar mais tempo sem respirar?

Lucía mal termina de falar e prende a respiração. Pilar e Milagros fazem o mesmo. Consuelo olha para as três, mas não prende a respiração. Lucía faz sinais com os olhos e com as mãos para que ela prenda a respiração também. Consuelo suspira e entra no jogo. Elas ficam assim durante um tempo.

LUCÍA
Ganhei!

PILAR
Ganhou nada! Você está doida?

MILAGROS
Eu ainda estava jogando!

PILAR
(*Para Lucía*) Você foi a primeira a falar! Como pode ter ganho?

LUCÍA
Posso ter sido a primeira a falar, mas não fui a primeira a soltar a respiração.

PILAR
Ah! Essa é boa! Então quem foi a primeira a soltar a respiração?

LUCÍA
(*Apontando para Consuelo*) Foi ela.

PILAR
Não foi, não. Foi você. Eu vi. Você que começou a falar.

MILAGROS
Eu ainda estava sem respirar. Você que falou.

LUCÍA
(*Apontando para Consuelo*) Eu só falei porque vi ela soltar a respiração.

Pilar e Milagros se olham, cúmplices.

MILAGROS
Vamos brincar de morte fatal?

LUCÍA
Oba! Vamos!

PILAR
Vamos, sim. Quem começa?

MILAGROS
A Consuelo começa.

CONSUELO
Eu?

MILAGROS
(*Para Consuelo*) É. Vamos lá.

PILAR
(*Para Consuelo*) Vamos, brinca com a gente, brinca.

CONSUELO
Ah, meninas, brinquem vocês.

LUCÍA
(*Para Consuelo*) Vamos, brinca. De todas nós, você é a que sempre morre melhor.

Consuelo não responde. Apenas faz que estrebucha e cai no chão, de maneira dramática e exagerada. As meninas riem. Consuelo permanece jogada no chão. Milagros é a segunda a fingir que morre de maneira igualmente exagerada. Depois, é a vez de Pilar e, por último, de Lucía. Todas então saem de suas posições de "mortas" e começam a rir.

PILAR
Agora, vamos brincar de morte fatal com notícia alarmante!

MILAGROS
Isso!

LUCÍA
Legal! (*Depois de uma pausa*) Mas o que é notícia alarmante?

PILAR
(*Para Milagros*) Ela não sabe o que é notícia alarmante.

Milagros belisca Pilar para esta calar a boca.

MILAGROS
(*Para Lucía*) É uma notícia... uma notícia... alarmante.

PILAR
(*Para Lucía*) Isso mesmo: uma notícia alarmante é uma notícia alarmante. Faz o que você achar que é.

LUCÍA
Está bem. Quem começa?

CONSUELO
(*Fingindo que está morrendo*) Minha filha, preste muita atenção, toda a nossa fortuna foi... foi... foi... (*cai de lado*)

MILAGROS
(*Fingindo que está morrendo*) Minha filha, o seu pai não é o seu pai de verdade, o seu pai de verdade é o Ma... nu... cu... (*cai de lado, em cima de Consuelo*)

PILAR
(*Fingindo que está morrendo*) Minha filha, a dona Arminda não é mulher, ela é uma trans... trans... trans... (*cai de lado, em cima de Milagros*)

LUCÍA
Minha filha... (*cai de lado, em cima de Pilar*)

CONSUELO, MILAGROS, PILAR
E a notícia alarmante?

PILAR
(*Para Milagros*) Ela não sabe o que é notícia alarmante.

Milagros belisca Pilar de novo.

LUCÍA
(*Cabisbaixa*) Eu disse que não sabia o que é notícia alarmante.

Elas se levantam e saem falando todas ao mesmo tempo, reclamando de Lucía. Ao cruzar a porta, Consuelo tropeça na fileira de objetos que Paco montou, desorganizando-a. Sem fazer menção de reordená-las, dá de ombros e sai. Paco corre para perto de seus objetos, tenta pegar o maior número possível deles nos braços e leva-os para o outro lado da sala, onde está a caixa vazia.

HORA SEXTA

Enquanto, no velho radinho de pilha disposto sobre a mesa da sala, um locutor discorre sobre como se imagina que será a vida no futuro quando, com a avançada destruição dos recursos naturais do planeta, os escassos povos sobreviventes voltarão a se organizar em pequenas tribos que se dedicarão a matar umas às outras pelo que resta de ar, água e comida, Consuelo, Milagros, Pilar, Lucía e Paco dormem a sesta deitados nos dois sofás e nas duas redes da varanda com vista para a piscina ensolarada.

HORA NONA

Paco, Milagros, Pilar e Lucía se reúnem em volta da piscina. Milagros se deita no chão, de lado, com o corpo de frente para a água. Paco, Pilar e Lucía estão de pé, do lado oposto ao de Milagros, com os joelhos levemente dobrados, a executar sincronizadamente com os braços e a cabeça os movimentos do nado crawl. Consuelo chega e se senta numa cadeira de praia, um tanto distante do grupo da piscina. Ouvem-se diversos sons ambientes, como o de uma mosca e de um telefone que toca ao longe. Escuta-se também o latido de um cão, que, aos poucos, passa de ocasional a mais constante. Depois de fingirem nadar, Paco, Pilar e Lucía começam a se empurrar, tentando fazer com que o outro caia na piscina. Milagros entra na brincadeira e eles ficam se empurrando, num jogo de resistência, até que todos caem no chão. Eles entram na casa e voltam com bexigas cheias de água, as quais colocam dentro dos trajes de banho, simulando seios e pênis. Começam então a se dar encontrões uns nos outros para tentar estourar as bexigas. Depois de estouradas, buscam ainda mais bexiguinhas e começam uma guerra. Alguns minutos depois, quando já estão bastante molhados e os latidos do cão se tornaram mais altos e mais frequentes, beirando o exasperante, Lucía atira uma bexiga em direção a Paco, que está na linha onde se encontra Consuelo, mas não o acerta. A bexiga, sem querer, estoura em Consuelo, que se levanta, em surto.

CONSUELO
(*Descontrolada*) O que este cocô está fazendo aqui? Vou fazer lamber o chão quem deixou este cocô aqui.

Milagros, Pilar, Paco e Lucía se juntam num canto e ficam quietos, olhando para Consuelo.

CONSUELO
(*Descontrolada*) Não se pode mais tomar banho de sol em paz nesta casa? Que inferno! Vocês já não têm mais três anos! São uns velhos! Um bando de velhos mal-educados, isso sim! Não bastasse estar tudo caindo aos pedaços aqui. Tudo se acabando. Tudo se destruindo, se desfazendo. (*Pegando a cadeira e sacudindo-a com violência*) Olha só esta cadeira. O estado em que está esta cadeira! E essa mancha na toalha? Por que ninguém cuida mais da minha toalha? Por quê? (*Cheirando a toalha*) E ainda por cima fede. Que nojo! Ninguém cuida mais desta casa. Cadê os empregados? Onde vocês esconderam os empregados? Falem!!! Eu quero minha casa de volta! Quero minhas coisas de volta! O que vocês estão olhando? Tragam a minha cadeira! A cadeira que eu tinha! Quero a minha piscina! Quero a minha piscina vazia! Seca! Quero que a minha piscina rache! Quero poder tomar banho de sol na beira da minha piscina rachada. Quero sentar na minha cadeira, sobre a minha toalha limpa e tomar banho de sol na beira da minha piscina rachada. É possível? E quero que esse cachorro morra! Alguém pode matar esse cachorro para mim, por gentileza? Que inferno! Por que ele não para de latir? É de propósito, não é? Vocês estão fazendo isso comigo só para me

enlouquecer, não é? Falem!!! Confessem! Garanto que foram vocês que inventaram esse cachorro.

Paco, Milagros, Pilar e Lucía fazem que não com a cabeça.

CONSUELO
(*Descontrolada*) Cala a boca, cachorro! (*Completamente histérica*) Cala essa booooocaaa! Maldita hora em que eu vim para cá! Maldita hora. Odeio tudo isso. Odeio vocês. Odeio minha piscina. Cadê os empregados? Onde vocês esconderam os empregados? Me devolvam! Estou ordenando: me devolvam. (*Com as mãos tapando os ouvidos*) Cala a boca, cachorro! Cala a boooooocaaa!

Consuelo senta-se subitamente, ainda irritada, e se cobre toda com a toalha, inclusive o rosto. Lucía leva um cigarro aceso para ela e o coloca em sua mão. Depois, sai de fininho, voltando para o lugar em que estava, junto aos outros. O cachorro ainda late. Consuelo, de repente, se levanta.

CONSUELO
Vou pedir uma pizza. Lucía, cadê o telefone? Me traz o telefone, por favor.

Lucía vai atrás do telefone, mas parece não encontrá-lo.

CONSUELO
Anda, menina. Cadê o telefone?

Lucía finalmente o acha e o leva para ela.

CONSUELO
(*Tirando o telefone da mão de Lucía*) Me dá aqui. (*Disca e, depois de um tempo, fala ao telefone, aos berros*) Boa tarde. Eu queria pedir

uma pizza. (*Breve pausa*) Uma pizza grande. Bem grande porque é para um monte de gente. Aliás, me traz logo duas. Duas pizzas grandes. (*Pausa*) De quê? Sei lá. Como é que eu vou saber? De qualquer coisa. Me dá uma pizza de qualquer coisa. É tudo igual mesmo. (*Pausa*) Então me traz a mais barata. (*Breve pausa*) É, a mais barata. Qual é o problema? Não posso pedir a mais barata? É para um bando de marginais mesmo. Me traz a mais barata e pronto. (*Pausa*) Não, minha filha. Duas. Duas pizzas grandes... Da mais barata. (*Breve pausa*) Obrigada. Vou ficar esperando.

Consuelo bate o telefone.

VÉSPERAS

À beira da piscina, Paco, Pilar e Lucía, de pé, exercitam sincronizadamente, com os braços, o nado de costas. Milagros está deitada no chão, de lado, na frente dos outros, mas de costas para eles, com o corpo voltado para a piscina. Lê um livro, cujo título não é possível identificar. Sem parar de mexer os braços, Pilar começa a falar. Enquanto ela fala, os outros olham ora para ela, ora para os lados, oscilando entre prestar e não prestar atenção à história.

PILAR
Vocês viram o que aconteceu ontem no clube?

PACO
(*Continuando a se exercitar*) Não. O quê?

PILAR
Um homem quase morreu na piscina.

MILAGROS
(*Sem tirar os olhos do livro*) Afogado?

PILAR
Não, antes fosse. Sabe aquele troço que suga a água?

MILAGROS
(*Distraída*) Sei. É gostoso colocar a mão ali.

LUCÍA
(*Prestando atenção ao que Pilar fala*) É o dreno do filtro da piscina.

PILAR
(*Imitando Lucía falar*) "É o dreno do filtro da piscina." Ah, tá, pirralha, que você sabe o nome daquilo.

LUCÍA
É o dreno do filtro da piscina, sim. Meu pai cuidava de piscinas, vocês não lembram? (*Baixando a cabeça e ficando quieta*) Quando era vivo, é claro.

PILAR
Pois então. Um homem colocou o pau no dreno do filtro da piscina.

MILAGROS
(*Ainda sem tirar os olhos do livro*) Um pau?

PILAR
Não um pau. O pau. O pau dele. O pênis. O pinto. O caralho. Entendeu?

MILAGROS
(*Prestando um pouco mais de atenção ao que Pilar fala*) Que horror!

PILAR
O pau dele foi sugado e ele ficou preso. Chamaram os bombeiros para que eles tirassem o homem dali. Só que nem os bombeiros conseguiram puxar o cara. Ele estava muito preso. Aquilo suga demais e o pau dele entalou. O homem chegou a desmaiar de dor! Os bombeiros tiveram que quebrar a piscina. Quebraram toda a piscina em volta do homem para poder tirar ele dali. Parece que ele foi levado para o pronto-socorro com um pedaço de piscina em volta do pau. Um horror! Ouvi dizer que os médicos não conseguiram tirar o pau de dentro do cano. E sabe o que fizeram? (*Baixando o tom de voz e fazendo com a mão um gesto de guilhotina sobre o baixo ventre*) Amputaram o cara. (*Pausa*) O homem estuprou a piscina e acabou castrado. Coitado. Será que foi castigo de Deus? Estuprar a piscina não é coisa que se faça!

Todos se olham e dão de ombros. Milagros volta a ler, Pilar, Lucía e Paco a se exercitar.

HORA GRANDE

Milagros está na sala atrás de uma pilha de toalhas, falando ao telefone.

MILAGROS
Você nem imagina: a Carmen apareceu de novo. (*Pausa*) Isso, a mãe da Lucía. (*Pausa curta*) É, a morta. (*Pausa*) Juro, menina. Apareceu. Foi a própria Consuelo quem me contou. Ela entrou na sala e a Carmen estava sentada na poltrona verde. (*Pausa*) Ela me disse que piscou várias vezes para ter certeza de que via a Carmen. Ela piscou, piscou, piscou e continuava vendo a Carmen. A morta não desaparecia. (*Pausa*) Hã? (*Pausa*) Não sei, menina, nunca entendi direito qual era a da Carmen. Ela

vinha aqui, se sentava na poltrona verde e vendia umas coisas para a Consuelo, umas coisas que a Consuelo não precisava e nunca usou: umas cadeiras de praia, umas toalhas, uns chinelos de borracha... E o engraçado é que a Consuelo comprava tudo. (*Pausa*) Como? Não sei. Sabe como é, não se pode falar nada aqui. (*Baixando o tom de voz*) Muito menos sobre o acidente com a Carmen. (*Pausa mais longa*) E sabe o que a morta estava fazendo? Estava costurando uma meia rasgada. É. Uma meia da Lucía que tinha sumido. Ela estava costurando. De óculos e tudo, menina! (*Pausa*) Lembra aquela outra vez que a Consuelo viu a morta? (*Pausa*) A Carmen estava saindo do supermercado, cheia de sacolas. Tinha comprado tomate, queijo, presunto, manteiga... Até papel higiênico. Papel higiênico! E sabe o que ela fez? Ela olhou para a Consuelo e disse: "São para a Lucía". A Consuelo me falou que não sabia o que fazer. Não sabia se pegava as sacolas... Ela ficou paralisada. E aí a Carmen repetiu: "Tome. São para a Lucía". (*Pausa*) Não. Isso ela não me falou. E agora a morta apareceu na sala costurando uma meia. Quando eu morrer, não quero ficar costurando meia, indo ao supermercado. (*Pausa*) É... Ou para uma praia, sei lá. (*Pausa*) Como? Ah, sim! Quando a Consuelo viu a Carmen sentada na sala, ela pensou em fugir. Para nunca mais voltar. (*Pausa*) Mas ela não fugiu. Ela ficou. (*Pausa*) Ela ficou. Ela me disse que se sentou no sofá ao lado da poltrona verde e ficou esperando para ver o que a Carmen ia fazer. Ela me disse que sentia aquele perfume adocicado e enjoativo da Carmen, aquele perfume que ela detestava. Ela sentiu vontade de vomitar. Mas ela não se levantou dali. Ela ficou. Queria ver até quando a Carmen permaneceria ali. (*Pausa*) Hein? A morta ficou costurando durante um tempo. Costurou todo o rasgão da meia. Depois, largou a linha e a agulha no braço da poltrona e olhou para a Consuelo. Olhou bem no fundo dos olhos dela e disse: "Você está descuidando da piscina e isso não é bom, não é nem um pouco bom".

(*Pausa*) A Consuelo me disse que a mãe da Lucía falava e balançava a cabeça para os lados bem devagar, como se ela estivesse em outro tempo, sabe?, num tempo diferente do nosso. Até a voz dela era mais lenta. Ela falava como se estivesse em outra rotação: (*escandindo as palavras*) "Você está descuidando da piscina". (*Pausa*) Aí, de repente, a Carmen desapareceu. Assim, sem mais. Simplesmente desapareceu. Sumiu. (*Pausa*) Agora, vou ter que desligar. O pessoal já está voltando. Vamos ver se a gente marca alguma coisa. Eu te ligo. Tá legal. Beijo. Tchau.

COMPLETAS

Entram na sala Paco e Pilar como se estivessem chegando de uma festa. Eles vêm rindo e se agarrando. Cantarolam uma música que ouvem no fone de ouvido. Aos poucos, seus movimentos vão ficando mais lentos e eles vão se aproximando até que passam a dançar juntos, de rostos colados. Paco chega cada vez mais perto de Pilar e volta a agarrá-la como no princípio da cena. Em princípio, ela deixa, mas, de repente, tenta se desvencilhar dele, como se não achasse mais graça na brincadeira.

PILAR
Me deixa, vai.

Paco insiste em agarrá-la.

PILAR
Eu já pedi, Paco. Me deixa. Por favor, me deixa.

Paco ignora os protestos dela.

PILAR
(*Irritando-se*) Para, Paco. Eu já disse para parar!

Paco continua tentando agarrá-la.

PILAR
(*Irritada*) Me larga. Que saco! Eu já pedi. Você parece um polvo!

Pilar se solta totalmente de Paco.

PILAR
(*Empurrando Paco*) Vai embora. Sai de perto de mim.

Paco se afasta um pouco dela.

PILAR
Me deixa sozinha. Não estou me sentindo bem. Estou ficando com frio. Estou com muito frio, Paco. Faz alguma coisa. Olha só, Paco, estou tremendo. (*Sentando-se no chão*) Estou com hipotermia! Acho que vou morrer. Sempre achei que morreria de câncer, mas acho que vou morrer agora. Vou morrer antes de descobrirem a cura do câncer! Paco, avisa a mãe que eu estou morrendo. Diz a ela que eu fiz tudo direitinho, que fui uma boa menina. Fui sempre uma boa menina. Vai, Paco, avisa a mãe. Faz alguma coisa!

Paco anda em volta sem saber muito bem o que fazer.

PILAR
Eu não quero morrer. Pega o papel-alumínio, Paco. Vai, Paco, corre até a cozinha e traz o papel-alumínio. Corre, Paco! Não vê que estou morrendo?

Paco sai correndo atrás do papel-alumínio, voltando com ele nas mãos.

PILAR
Enrola o papel em mim, Paco. Enrola!

Paco enrola o papel nela.

PILAR
Isso. Me enrola todinha. Como se eu fosse um chester de Natal. Enrola bem. Faz de conta que vou para o forno. Isso. Enrola. Não deixa nada de fora. A cabeça também, Paco. Vai, enrola! Eu preciso me esquentar. Não quero morrer. Não agora.

Pilar, toda enrolada no papel-alumínio, vai se acalmando. Paco, por sua vez, surta: coloca a mão na cabeça, tapando os ouvidos, e fica andando sem governo pela sala, esbarrando com força nos móveis, quase caindo no chão várias vezes.

PACO
Para de falar de morte, Pilar. Que mania! Por que você tem sempre que falar de morte? Por quê? Não gosto quando você fala de morte. Atrai. Você sabe que atrai. Falar de morte chama morte. Você sabe disso. Parece que faz de propósito. Não tem outra coisa para falar? (*Comprimindo ainda mais os ouvidos com as mãos*) Não quero mais te ouvir. Cala a boca! Ninguém vai morrer, ouviu? Ninguém. Você não vai morrer. Já está embrulhada, quentinha. Não vai morrer. (*Sentando-se no chão ao lado de Pilar*) Ninguém vai morrer. Ninguém. Ninguém. Para com isso. Para. Por favor, para. Esquece. Esquece tudo e cala a boca.

LAUDES

Estão todos na sala, cada um entretido com alguma coisa: Consuelo lê na poltrona verde, Lucía monta um quebra-cabeça, Pilar balança-se na rede, Paco enfileira no chão os objetos de sua caixa.

Ouve-se o áudio de um programa de tevê que ensina a se exercitar com toalhas. Milagros segue as orientações dadas.

VÉSPERAS

Consuelo, Milagros, Pilar e Lucía estão brincando de morte fatal à beira da piscina, enquanto Paco se exercita dentro da água. Ele se distrai, discretamente, colocando a mão sobre o dreno do filtro da piscina, como se testasse sua força de sucção. Chega a encostar o púbis, coberto pelo calção de banho, no dreno, mas logo o tira. Depois que as mulheres param de brincar, Pilar sugere que Paco ensine Lucía a nadar. Lucía, então, entra na água com a ajuda de Paco. Milagros e Pilar entram também. Consuelo fica deitada à beira da piscina tomando sol. Paco faz Lucía boiar e a ensina a bater os pés. Depois de algum tempo entretidos nisso, Lucía diz que quer brincar de prender a respiração debaixo da água. Milagros e Pilar seguem se divertindo na piscina, um tanto alheias ao que acontece ao lado. Paco e Lucía se alternam na suspensão da respiração debaixo da água. Lucía mergulha uma última vez e Paco, de brincadeira, não a deixa voltar. Ela se debate debaixo da água, tenta beliscar Paco, mas não consegue. Paco, por sua vez, continua a segurá-la, rindo de sua reação. Lucía continua a se debater até que, de repente, cessa os movimentos. Paco empurra a cabeça dela ainda mais fundo, supondo que ela está fingindo ter perdido os sentidos. Lucía não reage. Paco a empurra um pouco mais, ainda rindo. Ela continua inerte. Paco então para de rir e tira rapidamente sua cabeça de debaixo da água. Lucía está imóvel. Paco a pega no colo e a carrega para fora da piscina. Anda com ela no colo, sem saber o que fazer. Milagros e Pilar param de brincar e prestam atenção nos dois, saindo também da piscina.

PILAR
(*Apontando para Consuelo, que toma sol de bruços na beira da piscina*) Deita ela ali na bunda, vai.

Paco acomoda Lucía na bunda de Consuelo e se afasta, em passos lentos, em direção a casa. Milagros e Pilar saem atrás dele. Lucía fica deitada sobre Consuelo, que parece dormir.

COMPLETAS

Consuelo, Milagros e Pilar entram, cada uma, num boxe para tomar banho. Enquanto isso, Paco faz a barba. Elas pedem a ele que lhes alcance uma série de coisas, como sabonete, xampu, desodorante. Paco se atrapalha um pouco ao levar a elas os pedidos. Lucía caminha, a passos lentos, em torno deles, borrifando algum líquido cheiroso no ar. Quando elas estão prontas, vestidas para uma festa, ouve-se uma voz.

UMA VOZ, 0
Olha aquela ali. Aquela ali de saia comprida, a mais comprida e mais rodada de todas. (*Breve pausa*) Desde o acidente, ela não anda bem. Desconfia de tudo. Dizem que estava no carro quando a mãe atropelou a mulher. Foi uma coisa horrível. A mulher morreu na hora. Era uma conhecida da família. Deixou uma menina. Uma menina que a mãe dessa aí, essa aí de saia comprida, passou a cuidar. (*Pausa*) Está vendo aquele rapaz ali? Aquele ali de gilete na mão. É, esse mesmo. Está vendo? O único homem no meio das mulheres. Viu? Ele agora deu para beber. Tudo por conta do acidente. Ele não estava no carro quando a mulher foi atropelada. Estava com a filha dela, com a filha da mulher atropelada. Quando a menina recebeu a notícia, ela deu um berro. Um único berro e nada mais. Depois, ficou muda. Nunca chorou a morte da mãe. Ele ficou impressionado com isso. Sonhou durante dias com a reação da menina. (*Pausa*) A menina acabou adotada pela família, pela família dele, a família que tinha matado a mãe dela. (*Pausa mais longa*) Está vendo aquela ruiva ali? Aquela mais velha, de maiô

e canga colorida, com uma esteira de palha na mão. (*Pausa*) Viu? Dizem que estava dirigindo o carro e não viu quando a mulher cruzou à sua frente. Foi uma coisa horrível. A mulher morreu na hora. Era uma conhecida da família. Deixou uma menina. Uma menina que essa aí, essa ruiva, passou a cuidar. A pequena órfã... (*Pausa*) E aquela lá de lenço na cabeça? Vê? Aquela de tomara que caia e saia preta. (*Um pouco sem paciência*) Aquela com o espelho na mão. Viu? Ela precisa de cuidado. Ainda não se recuperou totalmente do acidente. Estava no banco do passageiro quando o carro bateu na mulher. É. Foi horrível. A mulher morreu na hora. Era conhecida de todos. Deixou uma menina, que foi adotada pela família. (*Pausa*) Tem gente que diz que o acidente foi culpa dessa aí, essa aí que fica se olhando no espelho. (*Baixando a voz*) Ela teria tirado a atenção da motorista bem na hora que a mulher cruzou a estrada. (*Pausa um pouco mais longa*) E esta pequenininha, de cabelo curtinho? A de saia curta, que está borrifando algo no ar. Viu? Não se aproxima muito dela. Ela desconfia de estranhos. Não gosta de falar com gente que não conhece. Também, pudera, ela não tem mãe. (*Baixinho, como se contasse um segredo*) A mãe dela morreu num acidente. Foi atropelada. Isso mesmo. Atropelada. E ela ficou sem ninguém. Sem ninguém, pobre coitada. Acabou adotada. Adotada sabe por quem? (*Falando novamente baixinho*) Pela mulher que matou a mãe. (*Pausa*) Vai por mim, essa gente toda está envolvida no acidente. Cuida com eles. Eles são perigosos. E cuida dela. (*Pausa um pouco mais longa*) Presta atenção: não comenta com ninguém que lhe falei do acidente. Aqui, isso é assunto proibido.

IV
*Andantino con fiocchi di neve
e sabbia della spiaggia*

A neve

Em 24 de agosto de 1984, nevou em Porto Alegre. Havia mais de setenta anos que não nevava na cidade. Houve quem dissesse que era o fim dos tempos.

A neve começou no início da tarde. Mais exatamente às três horas. E durou cerca de trinta minutos. No fim da manhã, em vez de a temperatura aumentar, como sempre acontecia, ela baixou, e começou a chover. Em princípio, era uma chuva fina, chata, daquelas em que não adianta usar guarda-chuva, porque a água entra por baixo e nos molha toda. Não demorou a apertar: os pingos ficaram mais grossos e mais constantes. Mas ainda estava longe de se tornar uma tempestade. Era apenas uma chuva forte. Bem forte. Torrencial. Porém sem vento, sem granizo, sem selvageria. Apenas água caindo do céu.

Fazia dois graus quando a chuva deixou de ser líquida e se transformou em outra coisa — uma coisa nunca vista, rara, uma imagem do impossível. Tímidos flocos brancos começaram a descer bailando do céu, como se por capricho de algum deus. Ou como se o mágico da praça central, cansado dos velhos truques e da desatenção de todos, resolvesse, de uma hora para outra, surpreender os passantes. Os flocos se precipitavam em câmera lenta. Exibidos. Pareciam saber que entrariam para a história. Custou para as pessoas acreditarem que o que caía do céu era neve. O próprio Instituto de Meteorologia demorou a confirmar. Neve, na capital, era uma espécie de lenda. Não acontecia. Não devia acontecer. Ninguém que eu tenha conhecido se lembrava da neve de 1910. Tinha gente que se lembrava do cometa Halley naquele ano, mas não se lembrava da neve. E, se estava nevando de novo depois de tanto tempo, devia significar alguma coisa.

Houve quem lembrasse que 1984 era ano bissexto e achasse que isso poderia ser uma explicação.

Lembro que fazia frio, muito frio, mas não um frio insuportável. Embora meu nariz estivesse vermelho, ele não escorria. E eu ainda não tinha colocado minhas luvas. Por baixo da minha jaqueta nova de náilon, usava apenas um blusão de tricô, de quadrados coloridos, que havia ganhado, na Páscoa, da minha avó, mãe da minha mãe. O casaco de lã uruguaia, que minha outra avó tinha me dado e que por anos me protegeu, já não servia mais em mim.

Lembro também que, quando começou a nevar, todos saíram para a rua, sem se preocupar em levar guarda-chuva ou qualquer outro tipo de proteção. Queriam ver de perto os flocos brancos que se precipitavam do céu. Os que não correram para a rua escancararam as janelas e colocaram os braços para fora para sentir o toque da neve. Foi o acontecimento do ano. Depois daquele dia, nunca mais ninguém da família falou do sequestro do meu pai.

O sequestro do meu pai foi um assunto sempre contado baixinho, com alguma maledicência, pelos cantos escuros da casa. Nunca se soube o número certo de homens que o levaram numa noite fria de agosto. Eu era muito pequena. Não me lembro de nada. Minha mãe diz que chorei bastante. Ela não sabia como me acalmar. Só pensava em me esconder para que não me levassem junto. Semanas depois, meu pai reapareceu. Silencioso. Sujo. Machucado. E sem saber dizer o que aconteceu, como se a sua memória tivesse sofrido um corte. No fim de semana anterior à neve, ouvi a história pela última vez. Foi lá em casa, em volta da mesa do jantar. Minha mãe havia comprado comida pronta no supermercado e feito um pavê aguado para sobremesa. Os amigos do meu pai ficaram impressionados com a história, embora, no fundo, achassem que era tudo invenção. Lembro que eu e minha melhor amiga ouvimos tudo caladas. Quando fomos dormir, deixamos a luz do quarto acesa. Nos abraçamos forte e enroscamos nossas pernas na cama. Naquela noite, nós rezamos, talvez pela primeira vez, como a professora tinha nos ensinado na escola.

Foi o acontecimento do ano. Depois da neve, não se falou sobre mais nada. Só se falou sobre a neve. Era como se a neve tivesse coberto tudo.

Mas não era uma neve de verdade, uma neve como estávamos acostumados a ver na televisão ou no cinema. Ela não vinha em profusão, nem se acumulava nas calçadas. Era uma neve para lá de fajuta. Quando se aproximava da gente, se desmanchava toda. Não dava nem para ver que ela era branca. Mas houve quem dissesse que, nas partes altas da cidade, bem longe de onde eu morava, a neve cobriu os capôs dos carros e a vegetação rasteira.

Muita gente disse muita coisa. Tudo sempre em torno da neve. O jornal do outro dia trazia a imagem de duas crianças, sorridentes e muito mal agasalhadas. Talvez fossem crianças de rua. Elas estavam fazendo um boneco de neve. Mas era um boneco pequenininho, magrinho, desconjuntado, de não mais de dez centímetros de altura. Mesmo nas partes altas da cidade, não havia neve suficiente para fazer bonecos maiores.

Dizem que, em 1879, nevou de verdade. Nevou por dias e dias seguidos sem parar. Foi a maior nevasca da história do país. Dizem que nevou tanto que, em Vacaria, a uns duzentos quilômetros de Porto Alegre, chegou a se formar uma camada de mais de dois metros de espessura. As vacas ficaram enterradas na neve, só com os chifres de fora.

Nunca vou esquecer que a neve de 1984 caiu numa sexta-feira. Na segunda, um colega apareceu na escola com um tupperware lacrado. Um tupperware preto, fosco. Nunca tinha visto um tupperware escuro, muito menos preto. Até a tampa era preta. Às vezes acho que o meu colega havia pintado o tupperware. Ele dizia que tinha neve lá dentro. Mas não dava para ver se era verdade. Ele não abriu o pote para nos mostrar. Aliás, ele nem nos deixava chegar perto. Abraçava com força o tupperware e nos dava chutes, para nos afastar. Uma menina, que veio por trás dele, acabou sendo mordida. A marca dos dentes do meu colega ficou impressa na pele dela por semanas. A mãe da menina foi até a escola pedir a expulsão do meu colega, mas não conseguiu. "É um bom aluno", disse o diretor, "só tira notas boas, ao contrário da sua filha."

Claro que não devia ter neve no tupperware. Não tinha como ter neve. Ela derreteria. Mesmo que fosse uma neve de verdade, daquelas que se acumulam por dias e dias e dias nas calçadas, ela não resistiria até segunda-feira, não naquela temperatura que era fria, mas nunca abaixo de zero. O máximo que poderia ter ali dentro era água. Mas meu colega não dava o braço a torcer. Dizia que tinha neve no pote, sim, que era a neve que ele havia recolhido na sexta-feira, a neve que havia caído sobre a cidade e que tinha deixado todos embasbacados. O meu colega era o único que havia guardado a neve. A única lembrança da neve de 1984 estava com ele — ele nos dizia. "Morram de inveja, seus bastardos!", gritava ele para nós, abraçado ao tupperware preto. "Morram de inveja!", repetia ele, do outro lado da sala, atrás de uma barricada de cadeiras e mesas escolares que ele havia feito para que não nos aproximássemos de sua preciosa neve. "Morram!"

Ele passou a semana indo à aula com aquele tupperware preto. Aonde ia, levava o tal tupperware. Se ia ao banheiro, ia com o tupperware. Se ia para o pátio, ia com o tupperware. Se jogava futebol, colocava o tupperware no pescoço. Ele improvisou uma espécie de coleira que o permitia carregar o tupperware no pescoço. Era de fato um ótimo aluno, que conseguiu aproveitar como ninguém as aulas de economia doméstica. Ele não se separava do seu pote de neve. Era como um talismã. Nos primeiros dias, implicávamos com ele, dizendo que não tinha neve nenhuma ali dentro e que ele era um baita mentiroso, como o pai dele. Ele fazia careta e nos mostrava a língua. Na outra sexta-feira, na sexta-feira posterior à neve, ninguém parecia dar mais bola para o tupperware preto do meu colega. Mas ele continuava a levá-lo para o colégio. Quando se sentava na sala de aula, colocava o tupperware em cima da mesa, do lado do seu estojo de metal.

Minha melhor amiga se aproveitou de um momento de distração dele e pegou o tupperware de cima da mesa, em plena aula, e saiu correndo pela sala. Ele não teve dúvida: saiu correndo atrás. Todos nos levantamos e nos pusemos a torcer por ela. Alguns subiram nas mesas e começaram a dançar, festejando que alguém tivesse finalmente sequestrado o tupperware. Minha melhor amiga e meu colega esbarravam nas cadeiras enquanto corriam. A professora tentava em vão conter a turma. Era a professora de inglês, e ela, apesar de todo o caos, gritava conosco na língua que tentava nos ensinar, com seu sotaque de lugar nenhum: "*Sit down! Sit down!*". Ninguém dava a menor bola. O meu colega conseguiu agarrar minha melhor amiga pelos cabelos. Antes de caírem no chão, ela atirou o pote para outro colega, que o abriu. Um grande silêncio se fez. Até a professora parou de gritar em inglês. Também ela estava curiosa. Todos correram para ver de perto o que tinha dentro do tupperware. Não havia neve. Não havia água. Não havia nada. O pote estava completamente vazio. Sempre estivera. Minha melhor amiga foi a primeira a começar a rir. Ainda caída no chão, ela ria com o riso solto das crianças. A risada contagiou a turma. Em pouco tempo, estavam todos rindo, gargalhando. Em meio ao riso, percebi que meu colega estava estirado no chão, de bruços, com as pernas tortas. Era como se um tiro pelas costas o tivesse derrubado. Ele chorava, com a cabeça escondida entre os braços. Seus ombros sacudiam com os soluços. Parecia um bebê: pequeno, frágil, indefeso. Não havia ninguém ali para protegê-lo.

Aquele colega do tupperware, na verdade, era eu.

A praia

Não sabia dizer há quanto tempo o casal estava ali a cantar, a dançar e a soltar fogos em seus fatos de banho, chinelos de dedo e gorros vermelhos rematados, cada um deles, por um branquíssimo pompom de algodão com bordas do mesmo material sobre as quais se viam ainda pequenas luzinhas coloridas que acendiam e apagavam em movimento vertiginoso — detalhe tão natalino e, por isso, tão anacrônico para aquele primeiro dia de verão no hemisfério norte. Os dois corriam no ritmo das luzinhas desde a calçada — onde haviam estacionado, num dos bancos da orla, um carrinho de supermercado carregado de fogos de artifício — até a areia — onde enterravam a haste dos fogos para melhor acendê-los e, assim, explodirem para o alto iluminando o céu ainda claro da tarde. Embora houvesse sol, um vento furioso fazia com que a temperatura caísse, não passando, nas horas mais quentes, dos vinte e cinco graus. Poucos, como aqueles dois, eram os que se aventuravam a ficar em roupa de banho na praia. E os que o faziam armavam em torno da toalha jogada na areia seus para-ventos de panos coloridos, apetrecho corriqueiro e essencial nas praias do norte daquele país tão distante e, ao mesmo tempo, tão familiar, onde a ventania costuma fazer os guarda-sóis voarem em fuga desvairada ao longo da avenida de nome tão apropriado: Liberdade. Íamos de mãos dadas pela calçada da beira-mar. Não precisávamos conversar: a intimidade proporcionada pelos vinte e cinco anos juntos nos permitia andar calados. Nas areias da praia, junto às pedras, uma mãe tirava fotos de suas duas filhas. A mais velha, que não deveria passar dos dezoito anos, era a protagonista: virava para cá e para lá em busca do melhor ângulo, ora inclinando o corpo levemente para a frente, ora dobrando ligeiramente os joelhos. Os cabelos quase pretos, muito lisos e longos, embaraçavam ao vento. A caçula, mais discreta e tímida, logo desistiu de posar (talvez, para ela, fosse inútil tentar competir com a afetação da irmã) e postou-se ao lado da mãe orgulhosa de sua prole. Nenhuma delas vestia biquíni ou maiô. Estavam, pelo contrário, de calças jeans compridas e casacos escuros de malha. A primogênita, num arroubo, tirou o casaco e a blusa preta e ficou apenas de calças e tênis, com os seios fartos de fora. Colocou as mãos na cintura, levantou um tanto o queixo, estufou o peito para a frente e encarou a câmera com ar grave. Muitas foram as fotos que a mãe bateu da filha nessa posição. Chegou até mesmo a se ajoelhar na areia para captá-la de baixo, alongando sua silhueta. Um pouco mais adiante, entre as pedras, isoladas do resto da paisagem por cercas de arame e madeira, onde o som dos fogos começava a ficar mais fraco, estavam as cinquentenárias piscinas de água salgada. Dois rapazes, de bermudas, camisetas e tênis, e duas raparigas, de shorts coloridos, blusinhas e sandálias, todos eles levando a tiracolo sacolas de tecido que pareciam estar pesadas em função dos livros que carregavam, eram os únicos que circulavam por ali, além dos quatro seguranças postados como sentinelas (ou como cérberos) em cada um dos cantos do ambiente artificial, destoando, com suas poses agressivas e seus uniformes cinza-chumbo, da paisagem viva e ensolarada. Um dos rapazes, o que usava uma camiseta com a imagem estilizada de um museu americano, tirava fotos daquele enclave arquitetônico no meio da paisagem. O outro e uma das raparigas, a mais alta e de pernas mais longas e brancas, tomavam notas em seus caderninhos. A segunda menina, a de pele dourada pelo sol, circulava devagar entre as duas piscinas — uma para adultos, outra para crianças —, olhando atentamente para o chão, como se procurasse alguma coisa muito pequena que tivesse perdido ou como se quisesse decorar o desenho de todas as infinitas ranhuras do piso. Não deviam ser frequentadores daquela espécie de clube, já que, ao andar por ali usando outro calçado que não um simples chinelo, infringiam uma das dezesseis condições de utilização do lugar. Podiam ser estudantes de arquitetura. Ou apenas curiosos. Turistas não eram — disso tínhamos certeza. Os poucos que estavam na orla se recusaram a pagar entrada para usufruir das piscinas que continham a mesma água salgada que se lhes apresentava em quantidade infinita e de graça logo ali adiante. Alguns quarteirões à frente, uma senhora corpulenta, de uns cinquenta anos, atravessava a avenida em diagonal conduzindo uma cadela vira-lata marrom, de focinho comprido e preto, de porte médio: mais alta que um cocker, mais baixa que um labrador. A cadela latia e dava pulos regulares para o alto, girando no ar e caindo em pé no solo para, no momento seguinte, voltar a latir, pular, girar e cair. A senhora corpulenta seguia alheia aos movimentos alucinados da cadela, não alterando o cadenciar de seus passos. Quando as duas atingiram finalmente a praia, a vira-lata subiu rapidamente na pequena murada que separava a calçada da areia e, então, como se tivesse penetrado numa outra dimensão onde a demencialidade virava pacatez, parou de puxar, de pular, de girar, de latir e passou a andar no mesmo ritmo de sua dona, como se não fosse ela a cadela que até há pouco tempo se debatia rebeldemente na guia. Ao longe, no único bar aberto da praia, garçons e frequentadores que se aboletavam quietos e atentos em torno da pequena televisão colocada em cima de uma das mesas subitamente se levantaram, ao mesmo tempo, pulando e vibrando com o que deveria ser o gol de empate da seleção local, que, a despeito de todas as previsões e de todas as descrenças daquele povo tão amistoso e tão pessimista, sairia, semanas depois, vitoriosa do campeonato. A tarde ia chegando ao seu fim. O vento se tornava ainda mais furioso. Coloquei sobre o vestido azul floreado a camisa vermelha que um amigo me roubara num sonho da semana anterior. O Eduardo, que suportava com valentia a queda da temperatura sem casaco, tirava fotos. Novamente de mãos dadas, subimos juntos ao miradouro, tão desolado e distante da outra ponta da praia que a lembrança do casal dos fogos de artifício parecia pertencer já a outro tempo. Ao norte, sobre as areias da praia completamente deserta, estendiam-se, a perder de vista, as torres brancas e vermelhas da refinaria de petróleo. Eram inúmeras, pareciam infindáveis. Postavam-se no horizonte como uma floresta de concreto. Ao sul, quilômetros e quilômetros de mar. Uma inscrição na pedra — talvez um poema — lembrava que aquele era um lugar de naufrágios. Não obstante, sobre as águas, galopava célere, inteiramente coberto de vieiras, o cavalo de Cayo Carpo, carregando sobre o lombo a escultura de madeira, em tamanho natural, de um Cristo morto sem um dos braços. O sol baixava e o vento se acentuava. Foi então que o Eduardo se virou para mim, sorriu e disse:

— Presta atenção e escuta. Daqui, dá para ouvir o silêncio.

Os pobres

Ao voltar para o hotel, depois do jantar a dois em que comemoraram um quarto de século juntos numa das famosas marisqueiras da cidade, a Marisqueira dos Pobres, eles pegaram o autocarro 500 e subiram correndo as escadas para se sentar nas duas poltronas na primeira fileira do segundo andar, lugar que tomaram emprestado das crianças, as quais, naquelas primeiras horas da madrugada, deviam estar sonhando que todas juntas se aglomeravam em torno de um impossível balão de meio quilômetro de diâmetro, feito com papéis de todas as cores existentes no mundo, e cuja lanterna era acendida por um homem nu, descalço, coberto apenas por longos cabelos castanhos, magro e muito alto, mais alto um metro que a mais alta torre da catedral da Sé, e que esse balão, depois de aceso, subia aos céus empurrado por uma única e precisa rajada de vento e lá ficava por dias e dias a iluminar a cidade, balouçando instável no ar, ameaçando cair a qualquer momento, até que outra única e precisa rajada de vento romperia a parte superior de sua estrutura e o faria despencar do alto como uma estrela cadente em chamas para a qual todas as crianças da região pediriam que, no ano seguinte, o homem magro e alto retornasse e acendesse outro balão maior e mais imponente do que aquele, que subiria aos céus, iluminaria a cidade por dias e dias num balanço periclitante e depois cairia nas areias da praia tomado pelo fogo.

O passeio

Para o Eduardo e os demais envolvidos

Os três meninos iam no banco de trás da Caravan azul-bebê. O mais velho estava sentado no meio, separando os outros dois que, por vezes, sem qualquer motivo aparente, se pegavam a tapa até o nariz de um deles sangrar. Era o único que tinha o cabelo castanho-escuro, grosso e liso, como o dos chineses, que gostava de imitar comendo arroz com pauzinhos, ou como o dos índios do Alto Xingu, que ele conheceria mais de três décadas depois. Ia fazer oito anos dali a alguns meses. Por isso considerava-se responsável pelo irmão e pelo primo, os loirinhos da família, cerca de três anos mais jovens do que ele. Quem dirigia era o tio, sozinho no banco da frente. Iam pela avenida Beira-Mar a sessenta quilômetros por hora ouvindo Marvin Gaye no toca-fitas. Naquela época do ano, as ruas estavam praticamente desertas. Eram poucos os que ficavam na praia na semana posterior ao Carnaval, quando o calor arrefecia e começava a soprar uma brisa no final da tarde. Nenhum deles usava cinto de segurança: ainda não se sabia o que era ter medo. Quando o tio aumentava o som até quase estourar os alto-falantes, os meninos se botavam a rir e a gritar de alegria: este era o sinal de que iriam acelerar. Já era a oitenta quilômetros por hora e cantando pneus que o carro saía da Beira-Mar, dobrava numa clareira entre as dunas e ganhava a areia fina e dura da praia. Os três meninos gargalhavam, caindo uns por sobre os outros. O tio chegava a colocar mais de cem quilômetros por hora na Caravan. O vento que inundava o carro atuava como um alucinógeno nos pequenos corpos dos guris. Eles riam ainda mais, como se, agindo assim, fossem capazes de expandir aquele instante ao infinito. O tio dava então um repentino cavalinho de pau e eles se jogavam uns por cima dos outros exagerando o efeito da inércia. Era depois disso que se botavam a cantar o refrão da música escrita em língua estrangeira, inventando palavras sem sentido em substituição àquelas que ainda não entendiam e que falavam que nunca haveria uma montanha alta o bastante, um vale profundo o bastante e um rio selvagem o bastante que pudessem separá-los.

O fado

querido franklin,
fomos hoje a évora
e tão logo chegamos
corremos à catedral
para saudar os corvos
em teu nome
mas não havia corvos
então corremos à
capela dos ossos
para ver se por
acaso os corvos
não estavam lá
escondidos em algum
canto secreto e escuro
daquele templo sombrio
fugindo do sol gritante
de quase quarenta graus
a fazer companhia
aos ossos
mas não havia corvos
muito menos ossos
então corremos à
igreja da graça
para ver se por
acaso os corvos

não estavam lá
entre os meninos
da graça — meninos
que talvez fossem
atlantes
que talvez fossem
leprosos
como especulou o eduardo
mas quando
alcançamos a igreja
esbaforidos e suados
percebemos que ali
não havia corvos
muito menos meninos
foi então que um anjo
se descolou
da fachada
voou até nós e
sem tocar os pés
no chão nos disse:
— os corvos foram
ontem para lisboa
queriam saudar
o franklin
de quem eles gostam tanto
mas ao pousarem lá
não o encontraram
em parte alguma
nem no cinema nimas
nem na rua augusta
nem na confeitaria nacional
a que ele vai religiosamente
duas vezes ao dia

comer dois doces
com um intervalo
de quinze minutos
entre um e outro
e assim
desolados
os corvos subiram
ao último andar do
residencial florescente
e se puseram a chorar
choraram
choraram
choraram
e as pessoas que
os ouviram lá
do alto do miradouro
dedicado à poeta
sophia de mello breyner andresen
acharam que eles
estavam cantando
e se puseram a cantar
num canto sem palavras
a mesma canção
de saudade

O boneco

E ele então disse a ela, que o encarava com os olhos cheios de lágrimas não porque soubesse o final da história, mas porque sempre a emocionava a maneira como ele, seguidas vezes naqueles tantos anos juntos, gostava de recordá-la:

— Depois de ficar dois mil anos debaixo d'água, no fundo imenso e escuro do mar, preso pela engrenagem de uma roda-gigante quebrada, pedindo incansavelmente à estátua da Fada Azul caída à sua frente que ela o transformasse num menino de verdade, David é finalmente resgatado por máquinas superdesenvolvidas que lembram extraterrestres que, ao se inteirarem de sua história, lhe dão a oportunidade de rever, por um dia somente, aquela que David considera sua mãe, e ele aceita, mesmo sabendo que será apenas mais uma e última vez que estará com ela, e ele passa um dia inteirinho com sua mãe, um dia artificial como todos os dias de sonho, o mais feliz de sua existência, e ela o trata como a um filho, porque é o que ele é, e, antes de dormir novamente para sempre, ela diz que o ama, que nunca deixou de amá-lo, e, talvez por encanto das palavras, ele deita ao lado dela na cama, fecha os olhos e dorme como nunca havia conseguido até então ao longo daqueles milhares de anos em que aquilo que mais queria era ser amado por ela, e, como Pinóquio um dia, se torna enfim um menino e, portanto, também mortal como todos nós.

A visita

Seria como nós, não fossem a ausência de pelos e a transparência da pele, que permitia que víssemos seu interior sem órgãos e sem veias. Não tinha sexo, não tinha idade, não tinha umbigo. Vivia fora do tempo, em todos os tempos. Embora tampouco tivesse asas, chegou voando, em silêncio, grave e forte, como são os mais fiéis emissários (ou os mais infestos demônios). Aproximou-se da pequena casa de pedra, parou ao lado da janela lateral esquerda e, sem nunca tocar os pés frios no chão, ficou a observar a menina, que se encontrava sentada, de pernas cruzadas, no centro do quarto, em cima de um tapete feito de couro de boi. Ela usava um longo vestido vermelho e sua cabeça estava coberta por um não menos longo véu azul-turquesa: já tivera sua menarca e não poderia mais se apresentar como se ainda fosse uma criança. Estava de costas para quem olhava desde a rua, através da janela, e talvez por isso não tivesse notado a presença daquela espécie de estafeta de outro mundo, que agora a guardava com atenção. Ocupava-se em desembaraçar, com um pente de osso, os longos cabelos castanhos da boneca de madeira que o pai lhe dera antes de morrer. A cabeleira da boneca provinha de uma mecha dos cabelos da menina, cortada à faca por esta, às escondidas, alguns meses antes, quando ainda morava no templo. Acreditava que, transferindo à sua boneca derradeira uma parte de si, sua existência se prolongaria naquele fragmento sem vida de madeira articulada e, deste modo, como a alma, aquela mecha sobreviveria à extinção de seu corpo. Mas não era o que aconteceria, e ela — apesar de muito jovem, mal saída da infância — sabia disso. Suas outras quatro bonecas — todas calvas — achavam-se ao pé da mesa de cabeceira, onde ficava a lamparina, mantida sempre acesa: era preciso estar preparada para sair tão logo fosse chamada pelo noivo, que ainda não conhecia. Sobre a cama de solteira, estavam dobrados dois conjuntos de lençóis de casal, com as bordas debruadas em dourado, que a menina mesma havia costurado a partir de uma enorme peça de linho cru presenteada por sua velha mãe, duas camisolas de algodão, doadas pela prima, toalhas, lenços, panos, mantos e um tapete de pele de ovelha. Com o que havia sobrado do linho, fez miniaturas de vestidos, que agora cobriam os corpos rígidos de suas bonecas. A tarde já trouxera a lua, e uma brisa inesperada soprava para dentro do quarto. Depois de pentear o cabelo de sua preferida, a menina levantou-se e levou-a para junto das outras quatro. Ajeitou todos os pequenos vestidos antes de perfilá-las da mais baixa à mais alta. Admirou as cinco bonecas, todas compostas, e, em segredo, congratulou-se pelas vestes de linho tão bem-acabadas, com um fino bordado vermelho nas bainhas. Esboçou um discreto sorriso antes de sair do quarto. A criatura de pele transparente, espécie de estafeta, mantinha-se no mesmo lugar, do lado de fora da janela. Não havia tirado, nem por um segundo, seus assustadores olhos translúcidos de cima da menina. Sua mão gélida havia pousado, sem que percebesse, ali onde deveria existir o sexo, que faltava. Se a criatura possuísse qualquer genitália, masculina ou feminina que fosse, talvez ela a tivesse acariciado. Depois de alguns minutos, a menina voltou carregando, com uma certa dificuldade, um recipiente grande de metal vazio e uma ânfora cheia de óleo. Depositou o recipiente exatamente onde estava sentada e despejou, dentro dele, o líquido que trazia no jarro. Foi até a mesa de cabeceira, pegou a lamparina e aproximou-a do líquido inflamável. Precisou afastar-se rapidamente para não ser atingida pela chama, que explodiu mais alto do que ela esperava. Quando o fogo abrandou um pouco, a menina abaixou-se junto às cinco bonecas, beijou cada uma delas na testa e acomodou-as todas no colo, como bebês. Com as cinco nos braços, acercou-se do recipiente e, sem hesitar, lançou as bonecas ao fogo. As cinco caíram desordenadas, umas por sobre as outras. A primeira coisa que queimou por completo foi o longo cabelo castanho da preferida, o cabelo que era também o da menina. Os vestidos de linho, do mesmo linho dos lençóis do enxoval, não demoraram a ser incinerados pelas chamas. A madeira dos pequenos corpos duros crepitava. E a menina assistia ao incêndio com a cabeça levemente inclinada e as mãos postas junto à boca. Apesar de estar, desde o início desse ritual, de frente para a janela, não reparou na criatura de pele transparente que a observava com atenção (quase com compaixão) e que, agora, abaixava a cabeça e cruzava as mãos sobre o peito em sinal de respeito. Olhando seus próprios pés frios, que flutuavam a dez centímetros do chão de terra batida, deu-se conta de que havia passado o momento em que deveria ter entrado no quarto, pousado por completo sobre o tapete de couro de boi e, ajoelhado diante da menina, ter-lhe dito: "Alegra-te! Ele agora está contigo". Mas já não era mais tempo de alegria. A possibilidade de salvação, que havia se aberto pelo curto período a esta designado, se extinguiu de súbito, como o fogo das bonecas. "Uma espada trespassará vossos corações", disse a criatura, quase sem intenção, em voz alta, antes de revoar para o lugar de onde viera, incapaz de cumprir sua missão. A menina estremeceu e, julgando ter ouvido um murmúrio vindo da rua, caminhou até a janela e olhou para fora. Poderia ser seu futuro esposo. Mas não havia vivalma. Nada parecia se mover naquela noite de lua cheia e poucas estrelas. Nem mesmo os insetos, que acalentavam os sonhos da menina com seus cicios noturnos. Nem mesmo as folhas da antiga oliveira, que dançavam brejeiras ao menor ventinho. A menina então ergueu os olhos ao céu e ainda pôde ver, antes que se apagasse para sempre, o brilho vibrante de uma estrela jamais vista por aquelas terras que poderiam ter sido santas.

O fogo

Onde não chove, arde

O fogo se alastrava pelos campos do sul do país na mesma velocidade com que se espalhava pelo interior do seu corpo, como se o seu sangue fosse aos poucos se transformando em magma a percorrer e, ao mesmo tempo, derreter suas veias, os trinta e três por cento de fogo que o constituíam adquirindo naquele momento a materialidade há tanto desejada, o fogo que lhe ardia na alma era da mesma essência que as estrelas, haviam lhe dito, e ele, que odiava os pronomes por estes definirem o que deveria ficar desde o início e para sempre indefinido, já ia tombando rápido sem fôlego e nem tempo para repetir numa justificativa, ou oração, ou mantra, que sim, que não, que ninguém pode mesmo viver sem amor, cambaleou até a janela, tentou olhar o azul do céu e não conseguiu, porque nuvens pesadas de asfalto, nuvens de fim de mundo, o encobriam, tornando noite o meio do dia, uma noite sem estrelas, sem outros astros, sem signo de futuro, e, caído agora no chão em posição fetal, ouvia cada vez mais perto o crepitar da vegetação seca, sem saber que as copas das árvores continuavam a se incendiar mesmo debaixo da chuva que então desabava sobre todos aqueles corpos incandescentes, e, assim, queimando e sangrando como o coração dos homens, não sentiu quando sua cabeça rompeu e dela jorrou uma torrente de lava que, viva, faria arder, mas, em pouco tempo, não seria, também ela, mais do que pedra. Nem menos.

O fim

Quando, anos depois do fim do mundo, o mar recuou inesperadamente e de uma só vez algo em torno de dez quilômetros, apareceram à tona da terra os restos de uma grande chapa de aço que, apesar de oxidada e corroída pelo sal da água onde permaneceu submersa por décadas, ainda permitia ler, não sem uma certa dificuldade, arrolados em sua superfície, três funestos adjetivos grafados em branco sobre um fundo que um dia fora verde, como se estes fizessem as vezes de três aves de mau agouro que, no passado, grasnavam às horas mortas a anunciar a ouvidos sempre moucos o tempo por vir, ou as vezes de três notas musicais, rápidas e incisivas, a mesma nota repetida três vezes, as notas que principiam uma sinfonia só possível de ser tocada às margens escuras e ardentes do inferno.

Nota

"A piscina" tem origem no texto que escrevi, a partir das improvisações dos atores, para a peça *iSalta!*, do Coletivo Teatro Dodecafônico, que estreou em São Paulo em janeiro de 2014. Registro aqui meu agradecimento a toda a equipe do coletivo pelo convite para tomar parte neste projeto, em especial à diretora Verônica Veloso e aos atores Beatriz Cruz, Gabriela Cordato, Joaquim Lino, Kátia Lazarini e Miriam Rinaldi.

© Veronica Stigger, 2019

Todos os direitos desta edição reservados à Todavia.

Grafia atualizada segundo o Acordo Ortográfico da Língua Portuguesa de 1990, que entrou em vigor no Brasil em 2009.

capa
Julia Masagão
imagem de capa
Ana Prata, "Palco", 2012, óleo sobre tela,
170×250 cm, reprodução de Ding Musa
preparação
Ana Alvares
revisão
Eloah Pina
Jane Pessoa

4ª reimpressão, 2024

Dados Internacionais de Catalogação na Publicação (CIP)

Stigger, Veronica (1973-)
   Sombrio Ermo Turvo / Veronica Stigger. — 1. ed. —
São Paulo : Todavia, 2019.

ISBN 978-85-88808-87-4

1. Literatura brasileira. 2. Contos. I. Título.

CDD B869.3

Índice para catálogo sistemático:
1. Literatura brasileira : Contos B869.3

Bruna Heller — Bibliotecária — CRB 10/2348

todavia
Rua Luís Anhaia, 44
05433.020 São Paulo SP
T. 55 11. 3094 0500
www.todavialivros.com.br

fonte
Register*
papel
Off White 80 g/m²
impressão
Forma Certa